MEETING ALLAN POE AT NIGHT

深夜遇見愛倫坡

【愛倫·坡經典小說集】

在恐懼的漣漪裡，蕩漾著惡魔的咒語，死亡只是開始，驚悚不過是種調劑，
來跟隨著愛倫·坡穿越荼蘼枯槁的午夜荒野，尋覓那永遠猜不出的結局吧！

埃德加·愛倫·坡【美】◎著
曹明倫◎編譯

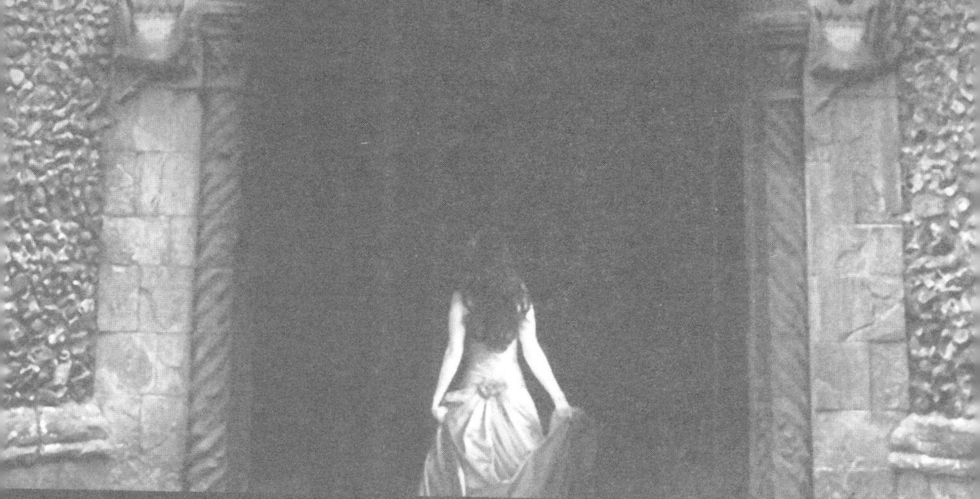

埃德加·愛倫·坡

偵探小說鼻祖，科幻文學先驅和早期象徵主義代表。愛倫·坡的懸疑驚悚小說風格獨樹一幟，文字陰抑，充滿神秘恐怖氣氛。

數則**恐怖小說**將**經典重現**

家圖館出版品預行編目資料

深夜遇見愛倫坡 / 曹明倫編著. -- 初版.
-- 新北市 : 智學堂文化, 民101.07
面 ;　公分. -- (經典系列 ; 5)
ISBN 978-986-87982-6-7(平裝)
874.57　　101009293

經典系列：05
深夜遇見愛倫坡

編　　著 — 曹明倫
出 版 者 — 智學堂文化事業有限公司
執行編輯 — 陳俊嘉
美術編輯 — 林子凌
地　　址 — 22103　新北市汐止區大同路三段一百九十四號九樓之一
TEL　(02) 8647-3663
FAX　(02) 8647-3660
總 經 銷 — 永續圖書有限公司
劃撥帳號 — 18669219
出 版 日 — 2012年07月

法律顧問 — 方圓法律事務所　涂成樞律師
cvs 代理 — 美璟文化有限公司
TEL　(02) 27239968
FAX　(02) 27239668

前言

Preface

艾德加·愛倫·坡（Edgar Allan Poe，一八〇九～一八四九），美國文學家，與安布魯斯·布林斯和H·P·洛夫克拉夫特並稱爲美國三大恐怖小說家。此外，他還擁有多重身份：恐怖小說大師、偵探懸疑小說鼻祖、科幻文學先驅和早期象徵主義代表等。

愛倫·坡出生於一個戲劇家庭，本名艾德加·坡，幼年時父母雙亡，後由約翰與法蘭西絲·愛倫夫婦撫養長大，更名艾德加·愛倫·坡。早年，愛倫·坡一度就讀於維吉尼亞大學，後於一八三〇年五月進入西點軍校，因不滿軍校的壓抑生活，經常刻意違反校規，在一八三一年一月受軍事法庭審判後被開除。期間，愛倫·坡與其養父斷絕了關係。

或許是繼承自家庭的戲劇天分，加上幼年培養起來的不安全感與叛逆性格，使得愛倫·坡在文學上擁有獨特的氣質。被西點軍校開除之後，愛倫·坡開始真正從事文學工作，並以獨特的風格躋身小有名氣的文學評論家行列。一八四一年，愛倫．坡發表《莫格街謀殺案》，成爲後世公認的偵探小說鼻祖。一八四五年一月，愛倫．坡發表了詩歌《烏鴉》，他那與眾不同的詩意與創作理念使他一夜成名。

儘管如此，愛倫．坡的一生卻懷才不遇。作爲美國歷史上第一位職業作家，他終生只以寫作爲生，因此長期處於困頓之中。一八四七年，愛妻維吉尼亞死於肺結核，愛倫．坡備受打擊，自此陷入酗酒與精神錯亂之中。兩年後的十月七日，愛倫．坡逝世於巴爾的摩，得年四十歲。關於他的死因眾說紛紜，一般人們認爲是腦出血，但也有很多人猜測是酗酒、吸毒、霍亂、自殺和肺結核等原因。

愛倫．坡死後，他的名譽長期受到誹謗攻擊，但作品卻惠澤後人，流傳各國，對世界文壇產生了深遠的影響。後世不少文學家、作家和詩人都對愛倫．坡十分推崇，其中最著名的有偵探小說家柯南．道爾，法國象徵主義頂峰時代詩人波德賴爾、馬拉美，浪漫主義代表作家、《金銀島》的作者斯蒂文森，以及素有日本「偵探推理小說之父」之稱的江戶川亂步等。

愛倫．坡的懸疑小說在文學界獨樹一幟，以其離奇神秘、驚悚陰鬱的風格吸引了大批讀者，在世界文壇經久不衰。其中，發表於一八四一年的《莫格街謀殺案》是公認最早的偵探小說，作者以「密室兇殺」爲中心點，展開了一系列精彩的推理。在隨後發表的《瑪麗．羅傑疑案》、《被竊的信》、《你就是殺人兇手》等作品中，作者更是將這種推理寫作模式發揮到極致。愛倫．坡這種獨創的寫作手法，使得後世偵探小說家絕少能脫其窠臼。此外，愛倫．坡還成功地塑造了業餘大偵探奧古斯都．迪潘這一形象，柯南．道爾筆下的福爾摩斯幾乎就是迪潘的翻版。

本書精選了愛倫．坡幾部驚悚懸疑的短篇小說，希望爲愛倫．坡的文學愛好者和喜好驚悚推理小說的讀者提供一個更好的讀本。因爲愛倫．坡的行文風格獨特，文字描寫細膩繁複，爲求準確傳達作品內涵，故在編譯過程中，我們酌爲參考了一些前輩翻譯作家的版本，謹此表示感謝。

008 貝蕾妮絲

我的表妹貝蕾妮絲是個漂亮有活力的年輕姑娘。某年，貝蕾妮絲突然染上了重病，曾經擁有的美貌也漸漸消失，而我也突然患上了可怕的偏執狂。病中的貝蕾妮絲成了我研究的對象，我因此對貝蕾妮絲產生了莫名的情愫……

018 莫格街兇殺案

我的朋友奧古斯都·迪潘是一個擅長分析的人。某天，他的朋友阿爾道夫·勒·本捲入了一宗兇殺案。為了不讓無辜的人受罪，他決定利用自己超人的分析能力幫助阿爾道夫·勒·本擺脫嫌疑。

056 紅死魔的面具

在紅死病肆虐的時候，普羅斯佩羅王子卻挑選了一千名健壯的隨從，把他們關在寺院裡，日日尋歡作樂。一天，王子舉行盛大的化裝舞會，屋子裡的人都沉浸在歡樂中。到了午夜……

066 黑貓的詛咒

我本來是個喜歡小動物的人，家裡也養了一隻可愛的黑貓。但後來我因為酗酒而變得暴躁異常，並挖掉了愛貓的一隻眼睛。終有一天，我親手將貓勒死了……

082 瓦爾德瑪的病例真相

我一直對催眠術有著濃厚的興趣，尤其是「臨終催眠」。我勸身患絕症的瓦爾德瑪作我的實驗物件，在瓦爾德瑪臨終前，我來到他的病床前，成功地催眠了他。就在我決定喚醒瓦爾德瑪時，奇怪的事情發生了……

094 瑪麗·羅傑疑案

瑪麗·羅傑是位年輕漂亮的姑娘，她曾經失蹤過一次，但一周後便憔悴地回來了。大約半年後的一天，瑪麗再次失蹤，四天後人們在河上發現了瑪麗的屍體。這一案件引起了媒體的注意，各大報紙都爭相報導著……

138 被竊的信

在我和迪潘還沉浸在瑪麗・羅傑謀殺案當中時，巴黎警察局局長G先生找上了我們，希望我們幫他找一封信。我和迪潘對此感到非常好笑，不知道為什麼一封信值得G先生這樣勞師動眾？

158 亞瑟府之倒塌

有一天，我接到亞瑟的信，信上說他身患重病，需要我的陪伴。我連忙趕去他的城堡，卻發現他雖然心存抑鬱，但沒有任何身體上的問題，而他心愛的妹妹卻病逝了……

184 莫蕾拉

我的妻子莫蕾拉認為我不愛她了，她覺得只有她死了我才能記住她。不久，她真的去世了，臨死前還為我生了一個女兒。我把女兒養大，但是一直沒有給她取名字。隨著時間的推移，女兒長得和她的母親幾乎一模一樣！

194 莫斯克海峽浮沉記

神秘的莫斯克海峽有一處驚險恐怖的大旋渦，那裡是漁夫的噩夢。然而，那裡同時也有著豐富的魚類，所以也是漁夫的天堂。身強力壯的漁夫兄弟自認為可以避開自然的肆虐，所以每次都鋌而走險地到那裡捕魚。

212 梅岑格斯泰男爵

一個古老的預言預示梅岑格斯泰家族將有一位繼承人騎著一匹駿馬結束自己的生命，與此同時他會擊敗世仇家族。時光流轉，年輕的弗裡德利成為梅岑格斯泰家族的新主人。他性情古怪，收養了一匹來歷不明的馬。

— 貝蕾妮絲 —

「我的表妹貝蕾妮絲是個漂亮有活力的年輕姑娘。

某年，貝蕾妮絲突然染上了重病，

曾經擁有的美貌也漸漸消失，

而我也突然患上了可怕的偏執狂。

病中的貝蕾妮絲成了我研究的對象，

我因此對貝蕾妮絲產生了莫名的情愫……。」

我的受洗名叫做埃格斯。我的家庭成員都被稱爲「幻想家」，而家庭中豐富歷史的一切——古老的大宅、大廳的壁畫、屋裡的掛毯、族徽中的圖案，都從各個方面證明了我們幻想家的身份。

如果我說我的靈魂以前沒有存在過，你也許認爲我在胡說。不過，對此我們不必爭論，我自己相信就好。我童年時的記憶與一個圖書室聯繫在一起，我的母親死在那裡，而我卻降生在那裡。這段記憶像影子一樣，搖曳不定，揮之不去，並且永遠存在著。

從長夜中醒來時，我沒有立刻進行宗教般的冥想，只是瞪著眼睛去觀察周圍的一切。我的少年時代在讀書中度過，而我的青年時代，則是在冥想中度過。時間流逝，將近中年時，我仍待在家族的府邸中。我感到我的生命幾近枯竭，我的思想也發生了很大的轉變，我竟然覺得現實世界就像是幻想，而幻想中的世界卻是一片真實。

和我一起在古老大宅中長大的，是我的表妹貝蕾妮絲。雖然一起長大，但我們相差甚遠：我體弱多病，總是憂鬱，她健康美麗、活力四射；我喜歡作修士式的研究，而她喜歡在山坡上漫步；內向的我總是在冥想，她則無拘無束，快樂地生活。我呼喚著她的名字——貝蕾妮絲！想到她，我陰暗的記憶中便湧現出滿滿的快樂，表妹的倩影是那麼美麗，令人心動。而後來發生的事情卻讓我不忍講述，神秘之餘也讓我充滿恐懼。

一場致命的疾病無情地降落在表妹身上，我眼睜睜地看著她變成另一個人，無論是心理、習慣還是性格，她都完全變了，原來美麗的貝蕾妮絲不見了。

這場大病給表妹的身心都造成了很大的影響，也留下了許多後遺症，其中之一便是癲癇病。這個痼疾時好時壞，不發作的時候跟正常人無異。

就在同一時期，我也忽然得了病，最後發展成了偏執狂，而且越來越嚴重，到後來我都無法控制自己。我的症狀主要是極易激動，遇到問題就使勁鑽牛角尖，簡單的說，就是再小的事也會讓我焦慮不已，焦慮個沒完。

比如，一本書的印刷、紙頁邊框也可以讓我不厭其煩地研究上數小時；壁毯和門上的影子也會讓我想上大半天；有時，我會關上房門，整整一夜呆呆地盯著蠟燭的火苗或爐中餘燼紋絲不動；有時也會聞一天的花香，或者把一個普通的單詞顛來倒去地重複，直到它在我腦海中失去意義。而我的精神疾病導致的一個常見問題是，長時間的一動也不動。

大家可不要誤解我的話，我這種對小事的執著與正常人運用想像力的創造性思考完全不一樣。正常人的沉思不會像我這麼極端，他們也不會執著於雞毛蒜皮的小事。對正常人有吸引力的東西，會催生出他們的想像力和創造力，但聯想過後，引起他們聯想的東西便會消失，那些最初引起他們興趣的事會被遺忘，最終，他們得到的是豐盈的內心世界。

而我恰恰相反。不管我怎樣聯想，思想都會回到最初的那件事情上，思考結束時，最初注意的那個東西不但仍然存在，而且越來越清晰，就像是放大鏡下的東西，呈現出一種誇大的形象。也就是說，幻想家的心理特徵是思考觀察型，而我只是病態性的關注型。

在我得病的這段時間，我讀過的書也是混亂、誘發人想像力的書，可以說儘管這些書不是導致我生病的主要原因，但它們也應該對我的病揹上一定的責任。我還清楚地記得那些書，其中包括奧斯丁的名著《上帝之城》和德爾圖林的《論基督之復活》。尤其是後者，我對其中一些隱秘不解的文字進行了琢磨，然而幾周過去，我也依然一無所獲。我對細節的這種執著，與托勒密．赫弗斯狄翁說的海邊巨石十分相像。據說，那岩石不論是受到人爲破壞，還是海浪侵蝕，抑或暴風襲擊，都毫無變化，但是令人驚奇的是，它一沾到一種被叫做「艾弗花」的花朵，就會發生震動。如果真的有這種花，那麼我生命中的「艾弗花」一定是她——貝蕾妮絲。

過了一段時間，我的病逐漸好轉，人也清醒了些。此時的我看到貝蕾妮絲不幸地生活著，心裡既疼痛又惋惜——這麼一個如花似玉的姑娘怎麼就成了殘花敗柳。這並不是我的病態思考，任何人見到她都會有這樣的想法。我病發的時候，注意到的只有一點，就是雖不太重要但格外引人注意的部份——外表上的巨大變化。

她生病之前可謂傾城傾國，但那時我並沒有愛上她，後來我的精神有了問題，心靈與大腦發生了錯位，那種源自心底的感情不再屬於我，我只有大腦發熱而產生的熱情。以前，從灰濛濛的早晨到昏暗的晚上，她總是在我身邊，我卻從不認爲她存在於現實中，而只認爲她存在於夢境；我從未把她視爲凡俗世界中的女人，而是把她當做一件抽象的東西去分析。

可是現在，她一出現我就顫抖，她一向我走來，我的臉就迅速變白。我同情她的不幸，再想到以前她就愛著我，一時頭腦發熱，就向她求了婚。一切如願以償，我們的婚期逐漸逼近。一個冬天的下午，我獨自坐在圖書室裡，本以爲只有我一人，可一抬頭，貝蕾妮絲就站在我面前。不知道是我的想像力太豐富了，還是光線太暗淡，我竟然看不清她的身形。

她一言不發，我也一句話都說不出來，只是感到一種莫名的難受，而好奇心驅使我看著她。她在椅子上坐了好一會兒，我的雙眼緊盯著她，目光落在了她蒼白的臉上。天哪，她已經瘦成了秸稈，完全失去了往日的輪廓與美麗；她頭髮的黑亮現在已經被稀黃取代；她的眼睛絲毫沒有生氣，就像是沒有瞳仁。這樣的形象與南歐人的特徵極不相符。因爲眼前的景象，我不由得避開了她呆滯的目光，轉向她的薄唇。微張的嘴唇帶著一抹奇特的笑，在這微笑中，她的牙齒漸漸露了出來——天啊，那牙齒我簡直不想再看，太恐怖了！

突然而至的關門聲驚醒了我，當我抬起頭時，表妹已經離開了房間，但我始終無法把那一口可怕的牙齒驅趕出腦海。這些牙齒沒有一個缺口，沒有一絲斑痕，她的牙齒和微笑一併留在了我的腦海裡，現在這牙齒顯然比微笑更清晰。

牙——白牙！白牙！無處不在的白牙！

我又犯起了偏執狂。我試圖抵抗這奇怪的思想，但是我控制不住。此刻我的腦子裡，什麼都沒有，只有那一口白牙。我從各種角度揣摩它們，研究每一顆白牙的特點。我對它們有一種瘋狂的渴望，我一心想著它們，其他的一切都被我拋在腦後。

我開始想它們的不同之處，它們獨特的構造，我想像著它們具有的敏感力量，以及即使不靠嘴唇它們也具有某種精神上的表現力。當想到這裡時，我不由得大吃一驚。人們都說舞蹈大師莎萊的腳步充滿了感情，而我則堅信貝蕾妮絲的白牙才充滿了思想！我如此執著於這些白牙，甚至覺得只有擁有了它們，我才可以恢復理智，獲得平靜。

就在我不斷沉思冥想的時候，黃昏按時來臨，黑夜如期而至。接著，黎明再一次到來，太陽升起。到現在，已是第二個夜晚，我仍一動不動地坐在屋裡，沉思冥想，腦子裡只有白牙，無論白天還是黑夜，在房間裡幾乎都是白牙。突然一聲可怕淒慘的尖叫將夢中的白牙打碎，我從深思中驚醒，聽到騷亂和叫喊聲，中間似乎還夾雜著些許呻吟的聲音。我起身，推開圖書室的窗戶，一名女僕淚流滿面地站在前廳，告訴我貝蕾妮絲死了。原來那天一大早，她就犯了癲癇，而當天的傍晚時分，安葬她的墳墓已經爲她準備好了，葬禮的一切也已經安排就緒。

現在，我發現我又是一人獨自坐在圖書室裡，似乎剛從一個混亂的夢中驚醒。我清楚地知道現在是午夜，還記得這天太陽一下山，貝蕾妮絲就下葬了，但是我對此前發生的事情記憶朦朧。我的記憶中確實存在著巨大的恐懼，而這些恐懼似乎是由一些符號堆積而成，我使盡全身力氣也破除不了。與此同時，我的耳邊總鳴響著一種聲音，那是離去的靈魂的聲音，是女人的尖叫聲。我高聲地問自己，我做了一樁什麼事情呢？

我抬起頭，看見旁邊的桌子上有一盞燈，燈旁有一個小盒子，看起來很普通。以前我常在我們家族醫生那裡見到它，但此刻，它爲什麼會在這裡呢？而我一看到它，就莫名的慌張。我的目光隨後落在了一本書的標線段落上，這是埃爾本·查亞特的一句奇特的小詩：「朋友告訴我，要想減輕我的憂傷，就去情人的墳墓一看。」這時，一名臉色慘白的僕人從圖書室的房門進來，看上去已經嚇破了膽，對我說話的聲音都顫抖著，由於聲音太小，我聽到的也只是一些期期艾艾的、不是很連貫的句子。

從他的話語中，我知道了事情的真相。他說，就在剛才，人們被可怕的哭聲驚醒，於是大家都聚在一起，循著哭聲的方向尋找。僕人的講述聲愈來愈令人感到恐怖，卻異常清晰。他說，他們進入貝蕾妮絲的墳墓，發現了穿著壽衣的貝蕾妮絲的屍體。但令人驚詫不解的是，她居然還活著，雖然樣貌醜陋至極，心跳卻很清晰。

哦，上帝！她還活著。

突然，僕人指著我沾滿污泥與血跡的衣服，我不知該說些什麼。然後，他又抓起我的手，手背上佈滿了抓痕。接著，他指著靠牆的地方讓我看，好半天，我才弄明白那是一把鐵鍬。我下意識地驚叫了一聲並迅速衝到桌邊，抓起那個盒子，但怎麼也打不開它。

我的雙手猛烈地顫抖著，盒子掉在了地上，有一些東西從裡邊滾落出來，除了牙醫的各種手術器具之外，還有三十二顆奪目又潔白如珠的東西滾落四處……

莫格街兇殺案

「我的朋友奧古斯都・迪潘是一個擅長分析的人。

某天，他的朋友阿爾道夫・勒・本捲入了一宗兇殺案。

為了不讓無辜的人受罪，

他決定利用自己超人的分析能力幫助阿爾道夫・勒・本擺脫嫌疑。」

01

某年春夏之際，我寓居巴黎，與一位名叫奧古斯都．迪潘的先生相識。該紳士出身名門，但因家道中落，生活陷入窘境。家中的變故令他的精神委靡不振，他也無意重整家業，幸好債主對他還算寬厚，留給他一點錢，如今，他就靠這點錢過活。

迪潘先生的生活十分節儉，唯一會讓他花大錢的嗜好是買書，而書籍在巴黎便宜易得。我第一次與他相遇，是在蒙特馬特一家冷清的圖書館裡，碰巧我們找的書一樣。正因相同的趣味，我們成了朋友。

那次書店相遇後，我們有了頻繁的往來。迪潘先生以法國人特有的坦誠講述了他的家族史，我聽得趣味盎然，他閱讀之廣，想像之大膽豐富著實讓我有些驚訝。當時我正在尋找題材打算寫一部偵探小說，覺得和他交往會有很大的幫助，於是，我與他商議後決定，在我逗留巴黎的這段時間裡，我們要住在一起。

我手頭較爲寬裕，房租、傢俱和裝修的費用就由我承擔。我們在聖日爾曼區偏遠荒涼的某處租了一所房子。這所房子由於當地人的迷信被荒廢了很久，經受多年風雨侵蝕的老房子，看起來搖搖欲墜。

我們在這裡住下後深居簡出，以前的熟人都不知道我們住在這個地方。迪潘多年來沒有與任何人交往，在巴黎認識他的人也不多。但如果當時有人來看望我們，瞭解我們的寢食起居，他一定會以爲我們是瘋子，只不過不會有什麼危害罷了。

我的朋友有種怪癖，他毫無緣由地喜歡黑夜，不久，我也染上了這種怪癖。長夜漫漫，總有盡時，但我們假想它永遠持續下去。破曉之時，我們關上所有門窗，點上幾支蠟燭，借助其發出的鬼火般的微光，過著黑夜的日子，直到鐘聲敲響，我們才知道黑夜旋又來臨。然後我們手挽手，在大街小巷漫遊，談論白天的話題，冷靜觀察漆黑的四周，以此獲得精神上的刺激。就在這樣的交往中，我發現了迪潘奇特的分析能力。

我知道迪潘有著十分豐富的想像力，我也知道他同時具有十分特殊的分析能力，但是每當他向我展示他的分析能力的時候，我還是會大吃一驚，同時對他產生仰慕之情。

迪潘總是得意揚揚地告訴我，大部分人在他眼裡，就像玻璃一樣透明，他只要看一眼，就知道他們在想些什麼，就像他對我的心思總是瞭若指掌一樣。我相信他說的是真的，因爲他總能當場拿出讓我信服的證據，證明事實正如他所分析的那樣。

每次，他在講述他的分析過程時，總是態度冷漠、面無表情。他也習慣將他那原本就洪亮高昂的嗓音提到最高，要是不熟悉他的人會以爲他在生氣，但只要仔細聆聽，就會從他清晰的發音中發現他的聲音原本就是如此。

下面，我舉個例子來展現迪潘的特別之處吧。

一天夜裡，我們在皇宮附近一條髒亂的長街上漫無目的地閒逛。有那麼一段時間，大約十五分鐘吧，我們一言不發默默地走著，想著各自的心事，至少在迪潘和我說話前我認爲是這樣。

就在這時，迪潘突然開口說：「他確實很矮，但他要是能在雜技場演出也還不錯。」我當時正專注思考，下意識地表示了贊同，但下一刻我又感到大吃一驚，因爲迪潘那句話點出了我心中正在想的問題。我不明白他是怎樣得知我的想法的，我甚至懷疑是我的耳朵聽錯了。於是，我刻意試探著問他，是否知道我心裡正在想著誰。迪潘說，他知道。接著，他準確地說出了那個人的名字——桑蒂耶。他還說，桑蒂耶個子矮小。說完他問我，桑蒂耶是不是不適合演悲劇。

是的，迪潘說的一點都不錯，桑蒂耶正是我心裡所想之人。他是聖鄧尼斯街的一個皮匠，也是一個戲迷，曾經在克雷畢庸的悲劇中飾演澤科西斯一角。雖然他演得很認真賣力，但是人們對他的表演只是報以譏諷與嘲笑。

我雖然極力克制但仍難掩驚異之情，我懇求迪潘告訴我，他是如何通過精準的邏輯推算，得知我心中所想的。

迪潘說：「我知道，你是在看到一個賣水果的人之後才想到，桑蒂耶太矮了，所以他不適合演澤科西斯這類角色。」

迪潘所說的那個賣水果的人，是我們在十五分鐘前遇到的。那時，我們剛從西小街來到這條大街上。我看到迎面走來一個人，他頭上頂著一大筐蘋果，他還差點把我撞倒，這使我感到十分不快。

但是我不明白，迪潘何以由此推測出我在想有關桑蒂耶的事情，因爲二者之間實在沒有必然的聯繫。於是迪潘慢條斯理地向我解釋了他的分析過程。

原來，從我們和那個賣水果的人相遇之後，我就獨自想著心事，而迪潘則一直在觀察我。迪潘用他那高昂卻平緩的聲音對我說：「在那之後，你的思維活動雖然很多，但主要可以分爲幾個環節，它們從前往後分別是：那個賣水果的、街上的石頭、石頭切割術、伊壁鳩魯、尼古斯博士、獵戶星座、桑蒂耶。」

我平時偶爾也會回想自己的思路，那時我總會發現我最初所想的事情，與最終所想的風馬牛不相及。這常常令我覺得不可思議。但就是這樣信馬由韁毫無關聯的思路，卻能被迪潘完全猜中，不差分毫！可想而知我當時有多驚訝。

迪潘回憶說：「我們剛才走西小街之前，談論的話題是馬。進入到這條街後，我們就遇到了那個賣水果的人。原本他應該只是和我們擦身而過，但不巧的是這條路的人行道正在施工，恰巧那有一堆石頭，所以那個人才會在匆忙間把你撞到了石頭上，你也因此扭到了腳踝。你十分生氣，看著那塊石頭嘀咕了幾句，然後就不聲不響地向前走了。」

這些小細節，並不會引起別人的注意，但是迪潘卻一一看在眼裡，因爲他一直在觀察生活。

迪潘接著說：「我發現你一直怒氣沖沖地看著人行道上的坑窪和車印，所以我知道，你一定還在想剛剛絆到你的石頭。你那副氣憤的表情一直保持到我們進入拉馬丁小胡同。到了拉馬丁小胡同時，你一邊嘀咕著什麼一邊露出了笑容。這下我知道，你嘴裡嘀咕的一定不是這條鋪滿石塊的小路，而是剛剛的石頭。我深信，你說的是石頭切割術。我瞭解你，朋友，我知道你一定會從這個詞上聯想到原子，然後再從原子想到我們之前討論過的伊壁鳩魯。我們之前不是探討過這個希臘人的理論嗎？我相信你對此一定印象深刻。」

「朋友，你知道伊壁鳩魯提出的猜想中，最爲奇特的一則，竟與當今的宇宙進化論出奇的吻合。所以，你一定會抬頭去看獵戶座。說實話，那個時候我也不過是在猜測你的想法而已。但是，當我看到你真的抬頭看星空時，我就確信我的分析完全切中你的內心了。所以，我接著分析你接下來會想些什麼。我想，你一定會想到一句拉丁詩句，因爲它說的是獵戶星座。你問我爲什麼這樣確信？因爲這句詩是我告訴你的呀。然後就簡單了，和這句詩相關的當然就是昨天《博物館報》上那篇特意諷刺桑蒂耶的文章了，所以你之後的思路自然要轉移到桑蒂耶身上。當我看到你的嘴角露出了微笑時，我更加確信，你一定想到了那位倒楣的皮匠。朋友，我還注意到，你在想到桑蒂耶時，原本一直彎著的腰一下子挺直了。這說明，你在想桑蒂耶真是太矮小了。」

這就是迪潘切中我心中所想的全部推論過程。

當然，我說這些並不是要講述什麼神秘、離奇的故事，只是想告訴大家，迪潘確實有著非同一般的豐富想像力和分析能力，也是想告訴大家，他爲什麼能夠解決下面這個事件。

02

就在桑蒂耶事件不久後的一天，我們在《論壇報晚刊》上看到一段新聞：那天凌晨三點左右，聖羅克區的莫格街傳出一陣淒慘的叫聲，聲音來自一幢寓所的四樓，那裡住著列斯巴納太太和她女兒卡米耶。聞聲而來的人們本想衝進房子看看發生了什麼事，卻沒想到大門緊鎖。當人們用鐵鍬破開大門後，八九個鄰居與兩名員警進到屋子裡。這時屋子裡很安靜，就在大家跑上樓梯時，又彷彿聽到兩三個人的爭吵聲。然而等眾人上到二樓樓梯時，所有的聲音卻都消失了。人們擔心有什麼不幸的事情發生，於是立刻分頭搜查各個房間。最終，人們找到四樓一間反鎖著的房間，當人們破門而入後，房間中的慘狀把所有人都嚇壞了。

原本整潔的房間變得淩亂不堪，傢俱散亂倒地，無一完好。地板上散落著四枚拿破崙金幣，一隻黃玉耳環，三把小號的白銅茶匙，三把大銀匙，兩個裝了約四千枚金法郎的錢袋。椅子上有一把血污斑斑的剃刀。角落處五斗櫥的抽屜全都被拉開，雖然許多東西還在裡面，但是明顯有著被翻過的痕跡。床墊被扔在地板上，下面有一隻被打開的小型鐵箱，鑰匙還在。鐵箱裡只有幾封信，以及一些普通的檔案。壁爐上除了有兩三把濺滿鮮血的花白長頭髮外，再沒有其他特殊細節，只是人們發現壁爐裡的煤灰特別多。

大家檢查煙囪的時候，發現了卡米耶的屍體。她的身上有多處擦傷，可見她是被人硬塞進煙囪管裡的。她的臉上佈滿了抓傷，喉嚨處有一排很深的指甲印和黑色的淤傷。這一切顯示，卡米耶是被人活活掐死的。

然後，人們仔細搜查了整幢房子，始終沒有發現列斯巴納太太、兇手以及兇手留下的其他線索。最後，眾人來到了後院，在磚鋪的院子裡看到一個被割斷喉嚨的老太太的屍首。屍身被割得慘無人形，頭部血肉模糊，在人們想扶起屍首時，頭部便自己掉了下去。

第二天，報紙上登載了關於這件血案的另一些消息，說是這件駭人聽聞的案件雖然有一些相關者，但是毫無線索可言。報上還說，警方傳訊過所有與莫格街血案相關的人，但仍然沒有發現任何線索。報紙同時刊登了所有重要關係人以及他們的證詞。

一名一直爲列斯巴納太太服務的洗衣婦寶蘭・迪布林告訴我們，她已經認識列斯巴納太太和她的女兒三年了，她們是一對關係和睦的母女。寶蘭不知道她們的生活來源是什麼，也許是算命。列斯巴納太太給的工錢很豐厚，她們家中只有四樓擺著傢俱。

煙商皮埃爾・莫羅說，他四年來一直爲列斯巴納太太提供煙草和鼻煙。他知道列斯巴納太太在這一帶出生，那棟房子雖然是她的，但是她自己原本並不住在這裡，而是把它租給了一個珠寶商人。後來，珠寶商招來很多身份複雜的房客，他們肆意地糟蹋房屋，這使得列斯巴納太太十分不滿。最後，列斯巴納太太從珠寶商手中收回了房子，帶著女兒住了進去，到出事爲止她們已經在那裡住了六年多。

卡米耶一直深居簡出，所以皮埃爾・莫羅沒見過她幾次。雖然很多人說列斯巴納太太會算命，但皮埃爾並不相信這種說法，因爲他只看到過一個挑夫和一個大夫來拜訪過列斯巴納太太。這對母女過著與世隔絕的日子，很少與人接觸，也不知道他們還有沒有親朋好友。她們的房子，除了四樓屋子的窗戶外，其他的都難得打開一次。

德洛雷納街米尼亞爾父子銀行的老闆老米尼亞爾提供的消息表明，列斯巴納太太在八年前開始就經常在他的銀行裡存些小筆存款。就在列斯巴納太太臨死前三天，有人全部提清了她的存款。現金是由米尼亞爾父子銀行的職員阿道夫・勒・本送到列斯巴納太太家裡的。那天中午，阿道夫・勒・本將四千法郎的金幣裝成兩袋送到列斯巴納太太家，當時卡米耶接過一袋，列斯巴納太太接過了另一袋，然後他就離開了。阿道夫確定，當時這條偏僻的街上沒有人。

飯店老闆奧丹亥．梅爾、員警伊西陀爾•米塞、銀匠亨利•迪法爾、裁縫威廉•伯德、殯儀館老闆阿豐索．加西奧、糖果店老闆阿爾貝特．蒙塔尼，是事發當時最先衝進列斯巴納太太房子的人。他們都表示，門是用鐵鍬撬開的，而且很容易打開。所有人都說，他們在屋子中聽到了尖叫和爭吵的聲音，具體的情況就像昨天報紙上報導的那樣。問題是，關於這些聲音，證人們出現了分歧。

飯店老闆奧丹亥．梅爾不會說法語。他並不住在這裡，只是在路過那屋子時，聽見有人在裡面呼救，並且大概喊了十多分鐘，之後他就和其他人一起進入了屋子。奧丹亥．梅爾確定，他在屋子裡聽到了兩種爭執聲：一個尖聲尖氣，一個粗聲粗氣。他認爲聲音尖的那個，是一個法國男人，他聽不懂那男人在說什麼，因爲那男人說得又快又急；另外那個粗聲粗氣的聲音則一直在說「真該死」和「活見鬼」，還說過「天哪」。

員警伊西陀爾•米塞則不能確定尖聲尖氣，那個人是男是女，不過他同樣沒聽清那個人說的是什麼。但是，伊西陀爾•米塞認爲他說的是西班牙語。至於粗聲粗氣的那個，他認爲是法國男人，那法國男人所說的內容和奧丹海亥．梅爾聽到的一樣。

銀匠亨利・迪法爾雖然不敢肯定自己聽到了什麼，但他認爲聲音尖聲尖氣的人恐怕是女人，不過肯定不是列斯巴納太太和他的女兒，因爲他經常和她們談話，他認得她們的聲音。那個粗聲粗氣的是義大利人，雖然他不懂義大利語，但他感覺那個人說話的腔調像義大利人。

裁縫威廉・伯德也認爲尖聲尖氣的聲音應該是女人的聲音，但認爲她說的是德語而不是英語；至於粗聲粗氣的聲音，他也覺得那該是個義大利人。

住在莫格街上的殯儀館老闆阿豐索・加西奧原籍西班牙。他沒有上樓，但他認爲那個說話尖聲尖氣的人不是西班牙人，而是一個英國人。雖然阿豐索不懂英語，但覺得，那個人說起話來有英國人的腔調。

糖果店老闆阿爾貝特・蒙塔尼是義大利人，他認爲尖聲尖氣的那個人說的是俄語而不是義大利語，雖然他從未跟俄國人交談過。

後來，警方又傳訊了這六名證人，再次確認了當時的情景。這六個人確定，他們發現卡米耶小姐屍體時，房門是反鎖的，而且他們沒有聽見一點聲音。當時房間裡空無一人，而且前後窗子全都關著，從裡邊牢固地拴著。

這棟房子的前房房門鎖著，鑰匙還插在上面；後房房門雖然沒有鎖，但也是關著；閣樓的窗戶被釘死了；而在四樓過道盡頭，屋子對面，有間堆滿雜物的小房間，房門半開半掩，這裡的東西人們都仔細地搜查過了。

四樓所有房間的煙囪都十分窄小，一個人絕不可能通過它出入，況且他們還曾用通煙囪的掃帚把樓內全部煙囪的管道都通了一遍。這棟房子沒有後樓梯，所以，在樓下有人的情況下，沒有人能從這裡溜走。卡米耶小姐的屍體當時被塞在煙囪裡，四五個人一起才把它拖了出來。

證人們對上述事情的說法基本相同，唯一不同的是，從聽到爭吵聲到闖進房間所用的時間，有人認爲是三分鐘，有人認爲是五分鐘，有人認爲房門很好打開，有人則認爲很困難。

負責給列斯巴納太太和卡米耶小姐驗屍的保羅・迪馬醫生告訴我們，卡米耶小姐身體上有多處擦傷，這表明她確實是被硬塞進煙囪裡的。她喉嚨處的傷很嚴重，那裡有明顯的指痕，卡米耶的眼球突出，腹部變色，舌頭也有一部分被咬透，這一切表明她是被人掐死的。另外，卡米耶的心窩上還有一大塊淤傷，像是被人用膝蓋壓出來的。這顯然是兇手造成的，但兇手有幾人還不清楚。

至於列斯巴納太太，她簡直是支離破碎。她全身多處骨折、骨碎，身上到處都是變了色的淤傷。醫生想不通這些傷是如何造成的，只有一個力大無窮的壯漢，用大而沉的鈍器，才會把一個人傷到如此地步。所以，人們很自然地排除了女性作案的可能性。至於造成列斯巴納太太脖子上割傷的兇器，很可能是四樓房間裡的剃刀。另一名外科醫生亞歷山大・愛迪安也給出了同樣的意見。

之後，警方還詢問了其他證人，但仍然沒有獲得重要線索。巴黎警方在這件空前的血案面前顯得束手無策，整個聖羅克區也因這案件到處人心惶惶。雖然警方逮捕了送金幣給列斯巴納太太的銀行職員阿爾道夫・勒・本，但他們沒有任何證據能夠證明他與此案有關。

迪潘對這件血案十分感興趣，他問我對案件的看法。我仔細地研究了報導後告訴他，我同大多數的巴黎人一樣完全沒有頭緒。

迪潘微笑著告訴我，想要破案不能單憑傳訊結果。雖然巴黎警方以這種方法作爲主要手段，並且也取得了很多成績，但這並不是最終的解決之道。真相有時候其實離我們很近，就在我們抬眼可以望見的地方；就像我們抬頭觀看星空時，只是斜眼瞟一瞟，就能夠將星星看得很清楚了，但如果我們死死地盯著一顆星星，時間長了，我們反而看不清它了。所以，如果我們鑽牛角尖，真相就會被歪曲。

迪潘決定去調查這樁案件。這不僅是因爲他對這案件本身感興趣，也因爲阿爾道夫・勒・本曾經幫助過他，迪潘不希望他無辜受罪。

由於迪潘認識員警廳廳長，我們要進入列斯巴納太太的寓所非常容易，但是那裡離我們的住處十分遙遠，所以我們到達時已近黃昏。

那幢房子看上去跟報紙描述的一樣，是一座普通的巴黎式房子。我們圍著房子走了一圈，把整個樓房及其周圍街道都細細探查了一遍，然後才向看守人員出示了證件，要求進入。我們在員警的陪同下走進房子，直接來到發現卡米耶小姐屍體的房間，母女倆的屍首還停放在那兒。房間的情景和報上說的一樣，迪潘仔細地觀察了所有的東西，包括列斯巴納母女的屍體。然後我們又勘察了其他一些地方，直到天黑我們才離開。

回家途中我們順便去了一家日報館詢問了一些事情。

03

調查過後，迪潘什麼也沒有和我說。直到第二天中午，他才詢問我是否在案發現場發現了什麼特別之處。我很遺憾地告訴他，我的發現依舊停留在之前報紙所說的那些情節上。

迪潘告訴我：「不要被報紙誘導。這件案件讓人覺得很蹊蹺，是因爲我們找不到兇手，不知道兇手殺人的動機以及他的作案手法。在整個案件裡，爭吵聲，樓上只有卡米耶小姐，密室，房間淩亂，被倒塞入煙囪的屍體，列斯巴納太太屍首不全……這些細節都超出了人們的認知範疇。員警找不到原因，他們感到無能爲力，所以他們才認爲這是一件玄妙的事情。其實，想要解決這件事很簡單，只要打破常規就行。我們不是要找出發生了什麼事，而是應想想有什麼事是從未發生過的。其實，我已經解決了這個案件。」

迪潘的話讓我感到十分吃驚。接著，他告訴我他在等一個客人到訪，這個人即使不是殺死列斯巴納夫人和她女兒的兇手，也必然和這個案件脫不了關係。迪潘把所有的希望都寄託在這個人身上，他相信這個人一定會來，然後他拿出一把手槍，並告訴我一定要把他留下來，用我們都知道怎麼樣使用的手槍。

接下來，迪潘向我講述了他對案件的看法。他認爲，那些闖進去的人們聽見的吵架聲，確實不是列斯巴納母女的。所以，我們可以排除老太太在殺死女兒後自殺的可能。那麼，兇手是誰？從大家的供詞中，他發現了一個特殊點。

這個特殊點就是，那個尖聲尖氣的聲音說的到底是哪種語言。義大利人、英國人、西班牙人、荷蘭人和法國人都覺得那不是他們的母語，而是外國語言；而且他們都認爲，那種語言他們從未聽過，或從未與說那種語言的人交談過。這種聲調不是我們熟悉的歐洲五大區域的。在巴黎的亞洲人和非洲人非常少，而且他們的特徵很明顯，所以應該是這些人。

就是這個疑問使迪潘對案件有了一定的認知，這也是他到列斯巴納母女寓所去的原因，他想通過對那裡的勘察找到兇手逃走的方法。既然這是一場貨真價實的謀殺，那麼我們一定能找到兇手行兇的手法和逃離的方式，因爲兇手不能像風一樣無形飄逝。

接下來，迪潘詳細分析了兇手可能採取的逃跑方法：

當時在場的人都聽到有人在爭吵，所以在大夥衝上樓時，兇手一定還留在發現屍體的房間或是它隔壁的房間裡，因此只要人們仔細搜查這兩間房間就行。但是員警已經把整個房子仔仔細細地查看了一番，沒有發現任何出口。而迪潘會去那棟屋子就是爲了驗證這兩間屋子是否真的沒有任何出口。

事實證明，這兩間屋子的房門緊鎖，鑰匙也都插在裡面，它們是真正的密室。然後迪潘審慎地思考了兇手是否有從煙囪逃走的可能。通過卡米耶小姐的傷痕，我們明白這些煙囪和普通煙囪一樣，連一隻成年貓都藏不住。迪潘接著又想，既然這兩條路都被堵死了，那麼兇手逃走的出路就只有窗戶。

首先是樓前窗戶。案發當時街上有很多人，兇手從那裡逃走一定會被發現，所以迪潘確定兇手是從樓房的後窗逃跑的。接下來，他要證明兇手怎樣從那裡逃走。

發現屍體的房間有兩扇窗子，其中一扇窗子沒被傢俱堵住；另一扇的下半扇，被床架遮住了，而沒被遮住的部分緊鎖，根本無法打開。而且，這扇窗戶被兩枚釘子完全釘死了，任你有再大的力氣也拉不開它。員警據此認爲，兇手無法從這扇窗戶逃跑，但迪潘並不這樣認爲。

迪潘告訴我，有些看似作用重要的事物，事實未必如此。迪潘在勘察那棟房子時，曾經仔細地研究過那扇窗戶，他堅信一定有什麼辦法能夠使得窗戶在兇手離開後自動拴上。而當他看到窗戶上的兩枚釘子時，就確定那是兇手故意留下來迷惑員警的。

迪潘花了很多精力才將窗戶上的釘子拔下來，然後他想把窗框往上推，結果正像他分析的一樣，那個窗框一動也不動。一定有什麼機關！

於是，迪潘踏上床架的棚子，探出頭，仔細地觀察了床頭後面的另一個窗子。在床頭的後面，迪潘找到了一根彈簧。迪潘仿佛明白了什麼，他按了按彈簧，接著把釘子安回原位，並打開窗戶，然後一個人跳出窗子。這時他看到，窗子上的彈簧重新碰上，窗戶自動關上了。「我確信，這就是兇手逃跑的地方。」迪潘說道。

但這種手法有一個缺陷，就是那個釘子不能重新釘，所以，釘子或許一樣有問題，可看上去這扇窗戶的兩枚釘子沒有任何問題。

如果是一般人，一定會認爲自己的分析在哪裡出現了錯誤，但是迪潘不這樣想，他自信他的分析毫無紕漏，仍然認爲問題還是出在這枚釘子上。

迪潘仔細研究那兩枚釘子，當他想把釘子取出來看看時，卻只取出了釘子頭，釘身還牢牢地釘在釘眼裡。當他將釘子頭放回原處，釘子頭和釘身又連接在了一起就像一枚釘子一樣。

迪潘再次按了下彈簧，輕輕把窗框向上推，這時，釘子頭就和窗框一起被推了上去，然後隨著窗戶的再次關閉，釘子頭又回到了原位，這樣我們看到的又是一枚牢固、完整的釘子了。

分析至此，迪潘證明了犯人完全可以通過床頭上的那扇窗戶離開房間。因爲窗戶能夠自動關閉，所以這間屋子才會變成密室，這使得案件變得撲朔迷離。

接下來，迪潘分析了兇手是如何從四樓逃下去的。

當初在勘察房屋時，我們圍著屋子兜了一圈。那時迪潘發現，在距離那扇窗子大約五尺半左右的地方，有一根避雷針。正常情況下，任何人都不可能利用這根避雷針跳進窗戶裡。除了避雷針，迪潘還發現這棟房子四樓的百葉窗，是一種在巴黎十分少見的鐵格窗。

鐵格窗是一種單扇窗，看上去有點像普通的門。窗戶的下半扇是格子窗，或者雕鏤式鐵欄，這樣的設計使得這些窗戶能夠成爲方便的把手。除此以外，這種窗戶有三尺半寬，這種寬度極有利於兇手進出。

我們在勘察房屋時，那些百葉窗都半開半閉，與牆面成了一個直角。若不仔細看，不會想到這些百葉窗的實際寬度有三尺半。這一錯覺使得員警誤認爲兇手無法從那裡逃跑。但是，當迪潘仔細地丈量了這些百葉窗的寬度後發現，如果把窗戶完全推開到最大寬度，兇手就能夠利用它進出屋子而不被人發現。但迪潘又提醒我說：「這雖然能夠辦到，卻十分危險。所以，兇手必須身手異常矯捷。」

現在，迪潘鎖定了兇手的特徵：他的身手異常矯健，喊聲刺耳；他說話時又快又急，並且說著一種沒有人懂得的語言。

從迪潘的話裡我好像馬上就能知道點什麼，卻又完全沒有頭緒，所以我示意迪潘繼續告訴我他的分析。

迪潘接著說，兇手進出用的是同一種方式，然後他讓我回想發現屍體的那間屋子的情況。

我想到，那裡有個五斗櫥，抽屜明顯有被翻動過的痕跡，但是因爲我們不知道裡面原本有些什麼，所以我們不知道犯人從中拿走了些什麼。不過，那裡的很多衣服都還在。只是，抽屜裡的這些衣物應該是母女二人最貴重的衣物，如果兇手是賊，那麼他爲什麼不偷走這些？還有那四千法郎金幣，爲何原封不動？這些都證明兇手並不是爲財而來。可見，員警僅憑列斯巴納太太在取完錢後不到三天就被謀殺這一點而逮捕阿道夫・勒・本，是十分不明智的。

卡米耶小姐被人用手活活掐死後塞進了煙囪，這種做法也令人費解。就算兇手毀屍滅跡才這樣做，那也說不通。因爲當時很多人都聽到了卡米耶小姐的慘叫聲，在這樣的情況下，還浪費時間將她的屍體塞到壁爐裡並不明智。再者，想要把屍體硬塞進那麼狹窄的洞裡，必然需要巨大的力量。

另外一個讓人覺得不可思議的事情，就是壁爐上那幾大把花白的頭髮，那些頭髮被連根拔起。人的頭髮雖然非常柔軟，但是很有韌性，即使只是拔下二三十根頭髮，都要使出很大的力氣，更何況那些花白的頭髮起碼有上萬根。由此可以想像拔下這些頭髮所用力氣一定非常大。

列斯巴納夫人的頭被割了下來，兇器是我們常見的剃刀。如果剃刀真的有這樣的威力，我想沒有人會在日常生活中使用它。迪馬醫生和愛迪安醫生告訴我們，列斯巴納夫人身上的淤傷是鈍器所致，迪潘同意他們的看法，因爲傷害列斯巴納夫人的就是院子裡鋪的石頭，她是被兇手從床頭那扇窗扔下去的。這就是爲什麼她的頭髮在房間裡，而她的屍體卻在花園裡。

員警們的腦子給堵死了，他們沒有想到這種可能性，就像他們認爲兇手不能通過百葉窗逃走一樣。

04

說到這裡，迪潘總結了到目前爲止我們得到的資訊：凌亂的屋子、力大無比且身手矯健的兇手，毫無人性和動機的殘殺，刺耳的喊聲。迪潘問我有沒有頭緒，我只能認爲這是一個瘋子。「瘋子也有國籍，他不可能讓人完全聽不懂。」迪潘一邊說著，一邊遞給我一小撮毛髮——這些是他觀察屍體時，從列斯巴納太太揑緊的手指縫裡拉出來的。

我看了以後感到十分害怕，我不知道那是什麼東西的毛，但我確定那不屬於人類。

迪潘沒有立刻解釋這是什麼東西的毛髮，而是給我看了一張紙。紙上畫著一幅草圖，那是卡米耶小姐喉嚨部位的黑色淤傷與一排很深的指甲印——迪馬和愛迪安醫生認爲那是幾塊瘀青和指痕。

迪潘說：「從這張圖上我們能夠看出，兇手的哪些手指掐得非常緊，而且他的每根手指都狠狠嵌在卡米耶小姐的肉裡，直到她死，一刻也沒有鬆手。」

我試著把手放在圖片上，模仿兇手的動作，但是無論我怎樣嘗試，都無法使自己的手指和上面的指痕對齊。迪潘說，也許是因爲紙是平面的，而人的脖子是圓形的，所以才對不上。於是他把那張草圖包在一個跟死者的脖子差不多粗細的木棍上，讓我試著把手指放進那些痕跡裡。然而，這次比起剛才來更加困難。我的手指根本不能和那些痕跡完全吻合。於是我明白，這些痕跡根本就不是人的指痕。

顯然，迪潘對我的答案很滿意，他給我看了一段法國動物學家和古生物學家居維易的文章。這段文章介紹了一種生長在東印度群島的茶色大猩猩。這種動物生性殘忍，力大無比，行動異常靈活並且極好模仿。這些和這件血案的兇手的特點不謀而合，而且這種猩猩的爪指和那張草圖上的一模一樣。迪潘還告訴我，那撮茶色毛髮也和這種大猩猩的毛髮完全一致，所以這樁慘絕人寰的殺人案的兇手必是這種大猩猩無疑。

現在，我們還沒有解開這樁案件的其他細節：那個粗聲粗氣的人是誰？進入屋子的證人都表示聽到了兩個人在爭吵。那個粗聲粗氣的人說法語，他的語氣聽上去是在規勸或者忠告那個尖聲尖氣的人——那頭大猩猩。所以迪潘猜想，那可能是一個法國人，他知道這件血案的內情。當然他本身可能和這件殺人案件沒有任何關係，他可能是那頭猩猩的主人。當那頭大猩猩逃進了列斯巴納太太的房間後，他雖然追到了那裡，但是沒來得及阻止它殺害列斯巴納太太和她的女兒。面對突然發生的慘案，他感到害怕，所以便逃跑了。也許他至今仍沒有抓住那頭猩猩。

這些都只是迪潘的猜測，迪潘承認他並沒有確實的證據，所以他也不敢確認自己的分析一定正確，比如，他無法確定那個法國人是不是真的與案件無關。

爲了證實自己的想法，同時找出真相，迪潘在我們昨天回家的路上帶著我到《世界報》報館，讓報社登了一則廣告。迪潘說，這則廣告會把那名法國人帶到我們的寓所裡來。

這則廣告是這樣寫的：

招領

某日清晨我在布倫林中，找到了一隻婆羅洲種的茶色巨型猩猩。據說這頭猩猩歸屬於馬爾他商船上的一名水手，現在，只要失主能夠說明這頭猩猩的大致情況，同時願意支付少許俘獲費及這些時日的看養費，就可以將其領回。

失主請到市郊聖傑曼區××路××號三樓來商談具體事宜。

看到廣告後我明白了迪潘爲什麼選擇《世界報》，因爲這是專爲航運界辦的報紙，很受水手們的歡迎，但我不明白的是，爲什麼迪潘知道猩猩的主人是一名水手。

關於這一點，一向信心滿滿的迪潘也不敢肯定。他告訴我，他之所以得出這樣的結論是因爲一小根緞帶。那根緞帶是他在避雷針柱腳下撿到的，它看上去油膩膩、髒兮兮的，正是水手繫頭髮時常用的那種緞帶。而且這根緞帶有一個特別的地方，就是它上面打了結，而這種結只有馬爾他商船上的水手會打。

因此，迪潘認爲，這個法國人是正在馬爾他商船上工作的水手。當然這些都是迪潘的分析，沒有什麼依據。如果迪潘錯了，那麼刊登這樣一則廣告對我們也沒有什麼影響；但是如果迪潘的猜測是正確的，那麼這個法國人一定會來找我們，這樣迪潘的目的就達到了。

「你爲什麼覺得那個法國人會來找我們？」我問。

「因爲我分析了他的思維，就像那次我分析你一樣。」迪潘回答，「雖然這名法國人不想殺死列斯巴納太太和她的女兒，但這件命案與他並非毫無關聯。因爲他知道案件的真相，而且他是猩猩的主人。他擔心自己因此獲罪，最初他也許會猶豫，不敢來認領猩猩，但是因爲猩猩很昂貴，他只是一名水手，收入一定不多，所以他一定不會放棄這個價值不菲的寶貝。而且廣告上說發現猩猩的地方是布倫林，那裡離發生血案的地方很遠。這樣一來，他就堅信我們沒有把大猩猩和血案聯繫起來，畢竟那太過於稀奇了。再說員警都對這樁案子束手無策，就算他們真的想到和這頭猩猩有關，也不能證明他也一定和這件命案有關。」

迪潘接著說：「最重要的是，對於這名水手來說，刊登廣告的人已經知道了他和大猩猩的關係，包括他個人的一些情況，在他不確定此人究竟瞭解自己多少底細之前，他不敢不來。一方面他不願白白放棄這隻值錢的寶貝大猩猩，另一方面他又怕我們懷疑他跟他的大猩猩有什麼不妥，更害怕那頭大猩猩太過招搖。所以他一定會來領回猩猩，然後把它藏起來，等風聲過了再說。」

就在這時，我們聽到樓梯上響起了腳步聲。我和迪潘都很緊張，迪潘叮囑我準備好手槍，一定要鎮定，千萬不要露餡，一看到他的暗號就立刻開槍。

我們沒有鎖門，那個人直接走了進來。我們聽到他走上幾級樓梯之後，就停住了。我們知道他在猶豫。過了一會兒，我們聽到了他下樓的聲音。迪潘急忙奔到門口，正在此時，我們又聽到房外的人走了回來。這一次他沒有後退，一直來到了我們門外。我們能感覺到他停頓了一會兒，像是在下定決心似的，接著我們便聽到了敲門聲。

那是一名高大魁梧的男子，一副天不怕地不怕的樣子。迪潘興高采烈地把他請進我們的房間。他看上去肌肉結實，孔武有力，臉曬得黝黑，留著濃密的絡腮鬍子和八字鬍鬚，那張臉讓人一看便知他是一名水手。他給我們的印象還不錯。他帶了一根粗粗的橡木棍，除此之外再沒有其他武器，所以至少優勢在我們一邊。

他笨手笨腳地向我們鞠了個躬，用帶著幾分納沙特爾口音的法語向我們問好。迪潘直接詢問他是不是來領回那頭猩猩的，並誇張地告訴他自己非常羨慕他有這樣一個值錢的寶貝，這頭大猩猩看上去十分出色，並且隨意地詢問這頭猩猩的年紀。聽了迪潘的話，那名水手一下子放鬆了。他深深地吸了一大口氣，神情自然，就像心裡的一大塊石頭終於落了地一樣。他告訴我們那頭大猩猩至多四五歲，然後他就焦急地詢問我們它現在在哪兒。

迪潘說：「我們的房間裡沒有飼養猩猩的設備，所以猩猩被寄養在附近迪布林街的一家馬房裡，明天早晨你就可以把它領走了。但是在那之前還有一個問題，畢竟我們已經飼養它這麼久了。」

水手立刻表示：「我一定不會讓你們白白受累。我會好好酬謝你們，當然要合情合理才行。」

「當然，你這麼說非常公平。」迪潘語氣平緩，聲音低沉。他一邊說著，一邊緩緩地走到門口，鎖上門，再把鑰匙放到口袋裡，這些動作一氣呵成，非常連貫。然後迪潘把手槍從懷裡掏了出來，將它放在桌上。

水手一看，臉頓時漲得血紅。他握著木棍掙扎著跳了起來，但又立刻坐了下去。他的臉色蒼白，一直顫抖不止，就這樣一言不發地坐在那裡。我十分同情他那副可憐的樣子。

等他的情緒稍微穩定後，迪潘說：「你不用這麼吃驚。我以人格擔保我不想害你。我們知道你和莫格街的慘案完全沒有關係，但是因爲那隻猩猩，你和那起命案多少是有些牽連的。我們認爲你是一個倒楣的受害者，你沒有犯罪，我們甚至認爲你是一名誠懇老實的人。因爲你原本可以順便拿走房間中的金幣和衣服，但是你什麼都沒有幹。只是，現在有一名無辜的人因爲這次事件被關在了牢裡，所以我希望你能把一切都說出來，因爲只有你才知道這件案子的兇手到底是誰。」

聽了迪潘的話，水手的神色稍微安定了一些，只是還有些害怕。他想了想，最後下定決心要把一切都告訴我們。儘管他認爲我們不會相信他說話，但他堅信自己無罪，所以即使他可能因此償命，他也要全都說出來。

原來，不久前他航行到東印度群島時，跟一個夥伴在婆羅洲內地捉到了一頭猩猩。後來他的夥伴死了，這頭猩猩就歸他一個人所有。

這頭猩猩野性十足，難以馴服，他歷經千辛萬苦才把它帶回巴黎，悄悄地將它關在家裡。他原本想等到猩猩腳上被甲板木刺扎壞的傷口好了之後就把它賣掉，卻沒想到，那天清晨，他跟幾個水手玩了一個通宵回到家之後，發現那頭猩猩撞破密室的門闖進了他的臥室。他看到那頭猩猩坐在鏡子前，模仿著自己的樣子，抹了滿臉的肥皂泡，拿著剃刀，正打算刮臉。

之前我們說過這種猩猩擅長模仿，它一定是通過密室的鑰匙洞看到主人曾經這麼做過。水手被這樣的情景嚇壞了，他下意識地給了猩猩一鞭子，就像每次它不聽話時，他所做的那樣。但是他忘了，現在猩猩不在密室裡，所以猩猩一看見鞭子，便立刻逃出房門，逃到了樓下，然後從開著的窗子逃到街上去了。

水手立刻追了出去。那頭猩猩手上仍然捏著剃刀，它不停地逃跑，還不時地停下回頭看看水手，對著他擠眉弄眼，指手畫腳。等水手快追上它時，它才又開始逃跑。就這樣，水手追著它跑了很久仍沒有抓到它。這時已經是淩晨三點鐘了，猩猩逃到莫格街後面一條胡同裡，就是列斯巴納太太家的樓旁邊。它看到列斯巴納太太家四樓臥室的窗子開著，便跑到屋子跟前，順著避雷針爬了上去，然後它抓住百葉窗，跳進了屋子。

水手看到它進了房間，頓時又驚又喜。喜的是，這頭猩猩應該會被困在屋子裡，他完全有希望把它抓回來，要是它想再順著避雷針爬下來，水手也一定能夠把它截住。驚的是，他不知道這頭拿著剃刀的猛獸會對屋子中的人做出些什麼事情來，所以水手只有緊跟著猩猩順著避雷針爬了上去，這對於已經習慣攀爬桅杆的水手來說一點都不難。

但是水手只爬到了和窗戶齊平的位置，就再也爬不進去了，他只能把頭伸到窗戶裡去看屋內的情形。就在這時，之前說過的那聲淒厲呼叫聲響徹了莫格街，那是卡米耶小姐的叫聲。

列斯巴納太太母女原本正在整理鐵箱裡的信件，她們把鐵箱放在房間當中，將裡面的東西全都散放在地上。她們穿著睡衣，想必是打算整理完就立刻睡覺。猩猩進來時，她們正背對窗戶坐著，所以她們沒能在第一時間發現家中闖進了一隻野獸。

水手看到那頭大猩猩正揪住列斯巴納太太的頭髮，用那把剃刀在她的臉上胡亂刮著。而她的女兒早就昏倒了，一動不動地倒在地上。猩猩把老太太的頭髮給揪了下來，恐懼和疼痛使得她拼命地掙扎，而她的叫喊聲激怒了猩猩。它用自己那條有力的胳膊使勁一揮，就這樣輕易地殺了老太太，同時在她的脖子上留下了那道割傷，然後它又殺氣騰騰地撲到卡米耶小姐的身上，用它那有力的可怕的爪子，掐住了那姑娘的脖子，直到殺死了她才鬆手。

這時，猩猩看到了在窗戶嚇得目瞪口呆的主人，它以爲主人還要用鞭子抽打它。猩猩知道，在密閉的屋子中它是逃不過挨打的，頓時剛剛的兇狠勁全都消失了。

它只想掩蓋它犯下的罪行，於是焦躁地在房裡跳來跳去，砸壞了所有的傢俱，把小姐的屍體塞到煙囪裡，再把老太太的屍體從窗戶扔了下去。

就在猩猩拖著老太太的屍首走到窗戶時，水手嚇得滑了下去，隨即急忙跑回了家，沒有把這件事告訴任何人，他害怕一旦人們知道了兇手是那頭猩猩，就會把罪責歸到他的身上來。所以那時人們聽到的粗聲粗氣的法國話，是水手因爲恐懼而喊出的，至於那個說不清是男是女，是哪國語言的尖聲尖氣的聲音就是那頭猩猩的叫聲。

案件到此真相大白，至於爲什麼房間會變成一個密室，就只能說是一些巧合組合到一起的結果。猩猩在眾人破門而入前就已順著避雷針逃出了房間，而它在離開窗戶時又恰巧把窗子給碰上，更加巧合的是，它逃走的那扇窗戶的釘子又因年久而恰好斷成了兩截。就這樣，在我們到警察局報告了事實真相之後，可憐的阿爾·勒·本獲得了釋放。

當然事情並不是那麼順暢，因爲這個結果是在迪潘穿插了一些個人意見之後才得到的。而且這次案件的偵破完全是迪潘的功勞，員警廳廳長忍不住冷言冷語地諷刺了他幾句，但迪潘表示對此完全不在意。

「讓他發發牢騷，不然他怎麼謀生。」迪潘說道，「我在他的地盤上贏了，如此便足夠了。老實說，這位廳長大人雖然城府很深，但實際上缺乏謀略，有智無謀，跟拉浮爾娜女神像一樣，有頭而無身，頂多只有頭和肩膀，像條鱈魚。但他到底還算不錯，尤其是他那套能言善辯的油滑特別讓人喜歡。他正是靠著這點爲自己掙了一個智囊的虛名。總歸一句話，他其實是一個只懂得『否認事實，強詞奪理』的傢伙。」

MEETING 深夜遇見愛倫坡 ALLAN POE AT NIGHT

紅死魔的面具

「在紅死病肆虐的時候，

普羅斯佩羅王子卻挑選了一千名健壯的隨從，

把他們關在寺院裡，日日尋歡作樂。

一天，王子舉行盛大的化裝舞會，

屋子裡的人都沉浸在歡樂中。到了午夜……」

紅死病在國內肆虐已久。這種可怕的瘟疫以前從未有過，它的具體表現和特徵就是出血——一片殷紅，令人恐懼。患者起初會感到劇痛，接著一陣頭昏眼花，最後全身毛孔大量出血而死。只要患者身上，特別是臉部出現猩紅色斑點就是染上瘟疫的徵兆，這時諸親朋好友誰也不敢近身去救護和慰問患者。患者從得病到發病，一直到送命，只要不到半小時時間。

可是普羅斯佩羅王子照樣歡歡喜喜，他天不怕地不怕。當他領地裡的老百姓死了一半的時候，他從宮裡的武士和貴婦中挑了一千名健壯的隨從，帶著他們隱居到他統治下的一座雉堞高築的大寺院裡去。這座寺院占地寬廣、建築宏偉，四周圍著堅固的高牆，牆上安著鐵門，完全按照普羅斯佩羅王子那古怪而驕奢的品位興建而成。

王子帶著這些隨從進了寺院。他們帶著熔爐和大鐵錘，在進入寺院後，就把門閂全都焊上，橫下心來，絕不留方便之門，哪怕今後在裡頭憋不住，絕望發狂，也不從裡面出去。所有人都沒有把瘟疫放在心上，外界鬧得如何，全都與他們無關。再說傷心也罷，焦慮也罷，都是庸人自擾；王子早已做好一切尋歡作樂的準備，有說笑逗樂的，有即興表演的，有跳芭蕾舞的，有演奏樂曲的，有美女，還有醇酒；寺院裡儲糧充足，應有盡有，盡可以安享太平。

普羅斯佩羅王子在寺院裡隱居了五六個月，外邊早已鬧得天翻地覆。此時，王子舉辦了一個盛況空前的化裝舞會，邀請這一千名玩伴一同享樂。

這場化裝舞會真是窮奢極欲。

舉行舞會的場地原是一間行宮，一共有七間屋子。若在一般宮中，只要把套間中的折門向兩邊推開，推到牆根，整個套間就一覽無遺了。而這裡的情況卻大不相同，因爲這位王子就愛別出心裁。這些屋子造得極不整齊，每隔二三十步的地方就有一個急轉角，每個轉角處都可以看到新奇的景物；左右兩面牆中間都開著又高又窄的哥德式窗子，窗外是一條圍繞著這座行宮的回廊。

窗子都是彩色玻璃的，色彩各不相同，和各間房子的室內裝飾的主要色調一致。譬如說，東邊那間屋子懸掛的裝飾是藍色的，窗子就藍得晶瑩；第二間屋子的裝飾和帷幔都是紫紅的，窗玻璃也是紫紅的；第三間屋裡一律是綠色的，窗扉也是綠的；第四間的傢俱和映入的光線都是橙黃的；第五間全是白的；第六間全是紫羅蘭色的；第七間從天花板到四壁都密密層層地罩著黑絲絨帷幔，重重疊疊地拖到同色同料的地毯上，不過只有這一間的窗子色彩同室內裝飾不一致：這裡的窗玻璃是猩紅色的，紅得像濃濃的血。

這七間屋子懸空掛著大批金碧輝煌的裝飾品，但其中竟沒有一盞燈，也沒有一架燭臺。不過在圍繞這套屋子的回廊上，每扇窗子對面都擱著一個沉甸甸的大香爐，香爐裡有個火缽，發出的光透過彩色玻璃，照得屋裡通亮，呈現出五光十色、千奇百怪的景象。可是在那間黑屋裡，火光透過血紅的窗玻璃照射到漆黑的帷幔上卻是無比陰森，凡是進屋的人，無不映得臉無人色，所以男男女女沒有一個敢走進這間屋來。

這間屋裡的西牆前擺著一座巨大的烏木檀時鐘，鐘擺左右搖動，發出的聲音沉悶、呆滯、單調。每當分針在鐘面走滿一圈，大鐘的黃銅腔內就發出一種既清澈又洪亮的聲音，然而曲調又顯得很古怪。因此每過一小時，樂隊的樂師都不由得暫停演奏來傾聽鐘聲，跳著華爾滋舞的雙雙對對也不得不停止旋轉，正在尋歡作樂的紅男綠女不免一陣騷亂。

鐘聲在一下下敲響的時候，連放蕩透頂的人都變得臉如死灰，上了年紀的和老成持重的人都不由雙手撫額，仿佛胡思亂想得出了神。等鐘聲餘音停止，舞會上頓時又恢復了一片輕鬆的歡笑聲，樂師個個面面相覷，啞然失笑，似乎借此爲剛才那番神經過敏的愚蠢舉止解嘲。大家還私下悄悄發誓，保證下回鐘響絕不這樣感情用事。不想時間過得飛快，轉眼間又過了六十分鐘，即過了三千六百秒，時鐘又敲響了，這時舞會上依然一片混亂和震驚。

這場歡宴終究還是規模盛大，大家玩得很痛快。王子的口味畢竟古怪，他對色彩別具慧眼；他對時興的裝飾一概不放在眼裡；他的設想大膽熱烈，他的概念閃耀著粗野的光彩。有人以爲他瘋了，他的門客卻不以爲然，不過要確定他沒有瘋，要聽到他說話，見到他的面，跟他接觸過才行。

在舉行這個盛大的宴會之前，七間屋子裡那些活動裝飾大多是王子親手設計指示佈置的，化裝舞會的聲光設計也迎合他的口味。那真是五光十色，變幻無窮，令人眼花繚亂，心蕩神馳——差不多都是在《歐那尼》裡看見過的場面——到處都是光怪陸離的形象和打扮得不倫不類的人，一切夢幻般的奇景，只有瘋子的頭腦才想得出。

固然有不少東西美不勝收，但也有不少東西傷風敗俗，有不少東西稀奇古怪，有的叫人看了害怕，還有許多叫人看了噁心。事實上，在這七間屋子裡走來走去的人，無異於一群夢中人，這些夢中人映照著各間屋子的色彩，不斷扭曲著身子，竟惹得樂隊如癡如狂，奏出配合他們步子的樂曲。

那間黑屋裡的烏檀木時鐘又敲響了，一時間除了鐘聲外，聲息全無。這些夢景頓時凝住了，但等鐘聲餘音消失——其實只有一眨眼的工夫而已——人群中便發出一陣抑制不住的輕微笑聲，隨著遠去的鐘聲蕩漾著。

音樂又一下子響了起來，夢景重現，香爐散射出來的光線透過五顏六色的窗子照著扭曲得更加瘋狂的幢幢人影。但是，黑色的那一間，還是沒人敢去。夜色漸濃，血紅的窗玻璃中瀉進一片紅光，那片烏黑的帷幔令人魂飛魄散。

其他屋裡都擠得滿滿的，充滿活力的心臟撲騰撲騰跳得起勁。狂歡方酣，不覺鐘聲當當，已入午夜。於是，又如上文所述，音樂頓時寂然，跳著華爾滋舞的雙雙對對不再旋轉，照舊出現一種令人不安的休止。這次時鐘要敲十二下，因此玩樂的人們陷入深思默想的時間更長了，腦子裡轉的念頭也更多了。也許，正因為此，最後一下鐘聲的餘音還未消失的時候，大家才有閒工夫察覺到，他們中來了一個從未被人注意過的蒙面人。大家頓時竊竊私議，來客的消息就此一傳十，十傳百，賓客紛紛表示不滿和驚訝，末了又表示恐懼、害怕和厭惡。

可以這麼說，在我筆下描繪的這樣一個無奇不有的宴會裡，尋常人的出現絕不會引起人們的注意。說實在的，這個通宵化裝舞會未免放縱得過了頭。

儘管王子花樣層出不窮，但是大家議論著的這個人竟比王子有過之而無不及。就說那些極端放蕩不羈的人吧，他們的心裡未嘗沒有過動情的心弦；即使那些平素視生死大事為等閒的人，也難免有些事情不能等閒視之。看來全體賓客對這個陌生人的裝束和舉止都深表反感，因為它既沒有絲毫妙趣，也沒有半點禮儀可言。

這個人身材瘦長，從頭到腳裹著壽衣，一張面具做得和僵屍的臉容相差無幾，就算湊近細細打量恐怕也很難看出這是假的。瘋狂作樂的人們，對這裡種種的情形儘管心裡不滿，卻還是容忍得了，但是這個人太過分了，竟然扮成「紅死魔」——他的罩袍上濺滿了鮮血，寬闊的前額和五官都佈滿了恐怖的猩紅點。

這個鬼怪的動作緩慢而莊重，在跳華爾滋舞的賓客中走來走去，仿佛想繼續把這個角色扮演得更加淋漓盡致似的。普羅斯佩羅王子一看這個鬼怪如此放肆，便不由得渾身顫抖，直打哆嗦，看來不是嚇著了就是心裡厭惡，他被氣得前額漲紅。

他聲嘶力竭地喝問身邊的門客道：「哪個膽敢用這種該死的玩笑來侮辱我們啊？把他抓起來，掀開他的面具。我倒要瞧瞧，明兒一早綁到城頭上絞死的究竟是個什麼人！」

普羅斯佩羅王子說這番話時正站在東邊一間藍色的屋裡，他的聲音洪亮清澈，傳遍了七間屋子。王子生性魯莽粗野，所以他一揮手，音樂戛然而止。

王子身邊跟著一幫臉色蒼白的門客，在他說話時，這幫門客就已向不速之客逐漸逼近。誰知這個不速之客反而不慌不忙、步履莊重地逼近王子。大夥兒看到來者如此狂妄，早已嚇壞了，哪兒還有什麼人敢伸出手去把他抓住啊。因此，這個不速之客竟然通行無阻地走到王子面前，相距咫尺。

這時，那一幫跳舞的人都紛紛從屋子中間退避到牆跟前，那人便又趁此腳不停步地朝前走，步伐還是像先前那樣不同尋常。他一步一步地走出藍色的屋子，走進紫紅色的屋子，出了紫紅色的屋子又走進橙黃色的屋子，如此又走進白色的屋子，再走進紫羅蘭色的屋子。

王子剛才一時膽怯，這時已惱羞成怒，氣得發瘋，他匆匆忙忙一口氣衝過了六間屋子，大家都嚇得要死，沒一個敢跟著他。他高舉一把出鞘的短劍，慌忙地逼近那怪異之人，相距不過三四尺。這時那人已退到最後一間屋子的盡頭，猛一轉身，面對追上來的王子。只聽得一聲慘叫，那把亮晃晃的短劍掉落在烏黑的地毯上，霎時間普羅斯佩羅王子撲倒在地毯上。

那些玩樂的人見狀便一哄而上，湧進那間黑色的屋子裡。那個瘦長的身軀正一動不動，直挺挺地站在烏檀木時鐘的暗處。他們一下子抓住了他，不想一把抓住的竟只是一件壽衣和一個僵屍面具，其中人影全無。這下個個都嚇得張口結舌，無法言語。

到此大家都認爲「紅死魔」已經上門來了，他像宵小一樣溜了進來。尋歡作樂的人一個接著一個地倒在血染滿地的舞廳裡，屍橫狼藉，個個都是一副絕望的姿態。烏檀木時鐘的生命也終於隨著放蕩生活的告終而結束，香爐的火光也熄滅了，只有黑暗、衰敗和「紅死」一統天下。

黑貓的詛咒

「我本來是個喜歡小動物的人，

家裡也養了一隻可愛的黑貓。

但後來我因為酗酒而變得暴躁異常，

並挖掉了愛貓的一隻眼睛。

終有一天，我親手將貓勒死了……」

明天我就死到臨頭了，所以，我要趁今天把這件事說出來好讓靈魂安息。下面我要爲你講的這個故事極其平凡，又極其荒唐。我並不奢望你能相信，因爲我雖親身經歷此事，卻也都不相信它，又怎麼能指望別人相信呢？一定會有人以爲我是瘋了，可事實上我沒有發瘋，而且這個故事確實不是夢。

這些事情聽起來就像家常瑣事，可由於這些事，我飽嘗驚嚇，受盡折磨，終於毀了一生。我不想詳細解釋什麼，雖然這些事對大多數人來說，無非是奇談，沒什麼可怕的，但對我來說非常恐怖。

我這樣誠惶誠恐、細細敘述的事情，在大家看來一定是一系列有其因必有其果的普通事罷了，但我仍然希望後世的有識之士不要把我說的這個故事當做無稽之談，而是能夠冷靜、條理分明地加以分析，讓我這樣慌慌張張講出來的故事能夠脈絡清晰起來。

我從小就是個心地善良、性情溫順的孩子，甚至因爲心腸軟得出奇而成爲小夥伴們開玩笑的對象。我特別喜歡動物，大部分時間都在和小動物玩。父母溺愛我，給我買了各種各樣的玩賞小動物讓我餵養。每當我餵食和撫弄它們的時候，就感到無比高興。我長大後，這種愛好並沒有隨年齡增長而消滅。

我結婚很早，幸運的是，妻子跟我一樣喜歡小動物。她知道我偏愛飼養動物，所以看到中意的小寵物就會買回家。我們的寶貝包括小鳥、金魚、良種狗、小兔子、一隻小猴和一隻貓。

那隻貓非常好看，個頭很大，渾身烏黑，特別聰明有靈性，很討人喜歡。

我妻子像許多女人一樣很迷信，她一說到貓的靈性，往往就會扯上古老的傳說，認為凡是黑貓都是巫婆變的。倒不是說我妻子對這事有多認真，我是想到哪兒說到哪兒。

這隻黑貓名叫布魯托，是我最喜歡的寶貝和朋友，我總是親自餵養它。我在屋裡走到哪兒，它就跟到哪兒，簡直成了我的小尾巴，連我上街它都要跟著，趕也趕不走。

我和布魯托的交情就這樣維持了好幾年。

可是後來，我染上了一個壞毛病——酗酒，這個毛病讓我的脾氣習性徹底變壞。我一天比一天喜怒無常，動不動就發脾氣，完全不顧及家人的感受，後來竟開始用不堪入耳的話辱罵妻子，最後還對她拳打腳踢。

我飼養的那些小動物也受到了牽連，我非但不再照顧它們，反而虐待它們。那些兔子，那隻小猴，甚至那隻狗，每次出於親熱乖巧地湊到我跟前來，卻總是遭到我肆無忌憚的欺負。

唯有對黑貓布魯托，我還有所憐惜，沒捨得下手。可是你知道，世上哪還有比酗酒更厲害的病啊，再加上布魯托年歲大了，脾氣也倔了，最終這隻可憐的老貓也成了我的出氣筒。一次大醉後，我甚至做出了一件魔鬼才會做的惡行。

那天我在城裡一個常去的酒館喝得酩酊大醉，半夜才回來。進門我就看到了布魯托，我以爲這貓躲著我，很生氣，就一把抓住它。

它被我兇惡的模樣嚇壞了，下意識地往我手上咬了一口，但咬得並不重，只是留下了牙印。可我在酒精的作用下如惡魔附身般怒火中燒，原來那個善良的靈魂一下子飛出了我的軀殼。我看上去兇神惡煞，渾身不知從哪竄出一股狠勁——我從衣服口袋裡掏出一把折疊刀，打開刀子，攥住那可憐的畜生的喉嚨，惡狠狠地把它的眼珠剜了出來！

你能想像出這該死的暴行是多麼殘忍，回想到這裡，我不禁面紅耳赤、不寒而慄。我昏昏沉沉地睡了一夜，第二天早晨酒才醒。

我從床上爬起來，神志清醒了。我對自己的所作所爲追悔莫及，但這至多不過是一種淡薄而模糊的感覺而已，我的靈魂還是毫無觸動。

我繼續狂飲濫喝，一旦沉湎醉鄉，所作所爲就會全部忘光。

布魯托的傷漸漸好了，剜掉眼珠的那只乾癟的眼眶看起來十分可怕。看來它再也不感到痛了，照常在屋裡走動，只是一見我走近，就嚇得拼命逃走。

我畢竟天良未泯，看見過去那般親近我的畜生會這樣嫌惡我，不免感到傷心，但是這股傷心之感很快就變爲惱怒。到後來，那股邪念又起了，且終於一發不可收拾。

哲學上並沒有給予這種邪念以足夠的重視，不過我深信這種邪念是一種微乎其微的原始本能，是人心本能的一股衝動，人的情緒、性格就是由它來決定的。

誰沒有在無意識的情況下做過很多壞事或蠢事呢？這樣做時並沒有什麼特殊的

原因，哪怕我們明知這樣會犯法，仍會無視後果，有股拼命想去以身試法的邪念。唉，就是這股邪念最終斷送了我的一生。

正是出於內心這股莫名的想做壞事的渴望，我對那只無辜的畜生繼續下著毒手，最後害它送了命。

在一天早晨，我狠心地用一根套索勒住貓的脖子，把它吊在樹枝上，活生生地把它吊死了。我眼淚汪汪，心裡非常難受。

我會做出這種事，就是因爲我知道這貓愛過我，就是因爲我覺得這貓沒有冒犯過我。這是一種非常微妙的感情，我難以言喻。

我知道這是犯罪，並且是該下地獄的大罪。罪過之大，足以讓我原本永生的靈魂永世不得超生，就連仁慈的上帝都無法赦免我的罪過。

就在我犯下這樁傷天害理事情的當天晚上，我被叫喊聲驚醒——失火了。我床上的帳子已經著了火，整棟屋子都燒著了。我跟妻子，還有一個傭人好不容易才從這場火災中逃了出來。這場火燒得真徹底，我的全部財物化爲烏有，我萬念俱灰。

失火的第二天，我去廢墟裡查看。牆壁幾乎都燒毀倒塌了，只有一道牆還挺立著。我走近一看，原來是靠近我床頭的那堵牆，這堵牆厚倒不太厚，只是正巧在屋子中間，牆上的灰泥擋住了火勢，因爲這牆是新粉刷的。

牆前密密麻麻地圍了一堆人，看來有不少人正非常仔細地研究這堵牆。只聽得大家連聲喊著「奇怪」之類的話，我不由感到好奇，也走了過去。

白壁上赫然有個偌大的淺淺的貓形浮雕。這貓刻得惟妙惟肖，與布魯托一絲不差，貓脖子部位還有一根絞索。

我一看到這幅浮雕，便不由得驚恐萬分，簡直以爲自己活見鬼了，但細細想了想，我又放下了懸著的心。我記得，這貓就被我吊在房子旁邊的花園裡。火警一起，花園裡就擠滿了人，應該是誰把貓從樹上解下來，從開著的窗戶扔進我的臥室，他這樣做可能是打算弄醒我。另外幾堵牆倒下來，正巧把我折磨死的貓壓在新刷的泥灰牆上，牆上的石灰在烈焰和屍骸發出的氨氣的作用下，形成了這幅這讓我心驚的浮雕。

就這樣，這件事情被我的自圓其說解決掉了，但是良心上的折磨，使我好幾個月都擺脫不了那貓的幻象的糾纏。在這期間，我滋生出一股說是悔恨又不是悔恨的模糊情緒，我甚至開始後悔害死了這隻貓。我開始有意識地在經常出入的酒館等處物色與布魯托長得差不多的黑貓，想帶回家飼養以彌補心中的愧疚。

一天晚上，我醉醺醺地坐在一個下等酒館裡，忽然在酒館一件重要的傢俱——一隻盛放琴酒或朗姆酒的大酒桶上，看到個黑糊糊的東西。我剛才一直在目不轉睛地盯著大酒桶，奇怪的是竟然沒有及早看出那上面有東西。

我走近它，用手摸摸。原來是隻黑貓，長得很大，個頭跟布魯托完全一樣，而且長得極其相像。唯一不同的是布魯托全身沒有一根白毛，而這隻貓幾乎整個胸前都長滿模糊的白斑。

我一摸它，它就高興地跳了起來，咕嚕咕嚕直叫，身子在我手上一味地蹭著，表示對於我的愛撫它很高興。這貓正是我夢寐以求的，我馬上和酒館老闆商量，說想買走它。誰知道老闆說這貓不是他家的，他甚至從沒見到過它，所以也沒有開價。

我又摸了摸這隻貓，準備動身回家。沒想到，這貓卻流露出要跟我走的樣子。我就讓它跟著，一面走一面不時彎下腰去摸摸它。

這貓在我家表現得很乖巧，一下子就博得了妻子的歡心。

至於我，不久就對這貓厭惡起來了。這出乎我的意料，我也不知道自己這是怎麼了，也講不出什麼道理。這隻貓對我特別眷戀，我見了反而又討厭又生氣，漸漸的，這些小反感竟演變成深惡痛絕。

我爲自己莫名其妙的想法感到羞愧，再加上回想起早先犯下的殘暴罪行，所以我儘量避開這貓，不去動手欺負它，我甚至堅持了好幾個星期沒去打它，也沒有粗暴地虐待它。但是時間越久，我對這貓的厭惡就越深，一見到它，我就像躲避瘟疫一樣溜之大吉。

事實上，使我更加痛恨這畜生的原因，就是我把它帶回家的第二天早晨，發現它竟同布魯托一樣，被剜掉了一個眼珠。可是，我妻子反而因爲這個格外喜歡它，因爲我妻子是個富有同情心的人。原先我身上也具有這種美德，它曾使我感受到生活中的諸多樂趣。

我對這貓越來越討厭，它對我卻越來越親熱，與我寸步不離，那種黏糊勁兒簡直讓人無法想像。只要我一坐下，它就會蹲在我椅子腿邊上，或是跳到我膝蓋上撒嬌，這實在是太討厭了；我一站起來走路，它就纏在我腳邊，差點把我絆倒；要麼就用又長又尖的爪子鉤住我的衣服，順勢爬上我的胸口。我雖然恨不得一拳把它揍死，可這時候，我還是不敢動手，因爲我想起自己早先犯下的罪過，更主要的原因還在於——乾脆我明說吧——我對這畜生害怕極了。

這種害怕並不是怕皮肉受苦，可要想說個清楚也確實爲難。我簡直不好意思承認——唉，即使如今身在死牢，我也不好意思承認，這貓引起了我關於恐怖的想像。

我妻子不止一次要我留神看它胸前的那片白毛。想必各位還記得，我前面提過，這隻貓跟我之前殺掉的那隻貓的唯一區別就是這片白毛。

這片白毛雖大，可是模模糊糊的，但是後來，這白毛的輪廓在不知不覺中竟變得明顯了，看起來就像一個恐怖東西的幻象——一個絞刑台！哎呀，這是多麼可悲，多麼可怕的刑具啊！這是恐怖的刑具，正法的刑具！這是叫人受罪的刑具，送人死命的刑具呀！我一提起這東西的名稱就不由得渾身發毛。

正因如此，我對這怪物特別厭惡和懼怕，要是我有膽量，早把它殺死了。

我落到要多倒楣有多倒楣的地步，我若無其事地殺死了一隻沒有理性的畜生，而它的同類，一隻沒有理性的畜生竟給我——一個按照上帝形象創造出來的人，帶來那麼多不堪忍受的恐懼！無論白天還是黑夜，我再也不得安寧。

白天，這畜生片刻都不讓我安寧；黑夜，我時時刻刻都會從無法形容的噩夢中驚醒。這東西一湊上來往我臉上噴熱氣，我就會覺得心頭彷彿壓著千斤大石，簡直就像夢魘活生生地站在我面前！

我忍受著痛苦的煎熬，心裡僅剩的一點善性終於喪失了，邪念佔據了我的內心。我腦子裡一天到晚都充滿著極爲卑鄙齷齪的邪惡念頭，我的脾氣自酗酒後便喜怒無常，如今發展到痛恨一切事、痛恨一切人的地步。我盲目放任自己，往往動不動就突然發火，管也管不住。唉，最倒楣的，就屬我那默默忍受折磨而毫無怨言的妻子了。

由於家被大火燒得一無所有，我們只好住在一棟老房子裡。有天，爲了一點家務事，她陪著我到這棟老房子的地窖裡去。這貓也跟著我走下那陡峭的階梯，害得我差點兒摔個倒栽蔥。我氣得發瘋，向它掄起了斧頭——盛怒中我忘了自己對這貓還懷有幼稚的恐懼——對準這貓一斧砍下去。要是當時真按我的心意砍下去，不用說，這貓當場就完蛋了。誰知，我妻子伸出手來一把拉住了我，我正在氣頭上，被她一攔更加暴跳如雷，於是掙脫她的胳膊，對準她的腦袋就砍了一斧，可憐她哼也沒哼一聲就當場送了命。

既然做了殺人的勾當，我索性盤算起藏匿屍首的事。我知道無論白天還是黑夜，要把屍首搬出去，都難免會被左鄰右舍撞見。我在心裡盤算了不少計畫，一會兒我想把屍體剁成小塊燒掉，來個毀屍滅跡；一會兒，我到院子中的井邊去，想把屍體丟進去；我還打算把屍體當做貨物裝箱，雇個挑夫把它搬出去。最後，我突然想出了一條萬全之策，我打定主意把屍首砌進地窖的牆裡，聽說中世紀的僧侶就是這樣把殉道者砌進牆裡的。

在這個地窖裡做這件事真是再合適不過了，牆壁結構很鬆，最近才用粗灰泥全部刷過，因為地窖裡潮濕，灰泥至今還沒有乾透，而且有堵牆因為有個假壁爐而凸出一塊，已經封死了，做得跟地窖別的部分一模一樣。我應該不費什麼勁就能把這個地方的牆磚挖開，將屍首塞進去，再照舊把牆完全砌上，保證什麼人都看不出破綻來。

說做就做，我用一根鐵棍一下子撬掉了磚牆，再仔仔細細地把屍首貼著裡邊的夾牆放好，讓它撐著不掉下來，然後沒費半點事就把牆照原樣砌上了。我弄來了石灰、黃沙和其他材料，調配了一種跟舊灰泥分別不出來的新灰泥，小心翼翼地把它塗抹在新砌的磚牆上。

這堵牆居然一點都看不出動過土的痕跡，地上的垃圾也仔仔細細地收拾乾淨了。我得意揚揚地朝四下看看，不由對自己說：「這下子到底沒有白忙啊！」

接下來我就要尋找給我招來那些災害的禍根，不過我怎麼找也沒找到，估計是我剛才大發雷霆的時候，那個鬼精靈見勢不妙就溜了，眼下當著我這股火性，它自然不敢露臉。這隻討厭的畜生終於不在了，我心頭壓著的大石頭也終於放下了。這種愉快的心情實在無法形容，也無法想像。

到了夜裡，那貓還沒露臉，就這樣，自從那貓來到我家以來，我終於踏踏實實地睡了一個安穩覺。唉，儘管我心靈深處為殺人害命深深自責，但我還是睡著了。

過了第二天，又過了第三天，這隻折磨人的貓還是沒有回來，我重新像個自由人那樣呼吸。那隻鬼貓嚇得從屋裡逃走了，一去不回了！眼不見為淨，這份樂趣就甭提有多大了！

雖然我犯下滔天大罪，但心裡竟然沒有不安，員警來調查過幾次，我三言兩語就把他們搪塞過去了，他們甚至還來抄過一次家，可是查不出半點線索來，我就此認爲可以安枕無憂了。

到了我殺妻的第四天，屋裡突然又闖進了一幫員警，他們嚴密地搜查了一番。不過，我認爲藏屍地方那麼隱蔽，他們一定找不到，所以一點兒也不慌張。那些員警命令我陪同他們搜查，他們搜查得很仔細，連一個角落也不放過，搜到第三遍、第四遍時，他們終於走下地窖。可我泰然自若，毫不緊張，自以爲平生不做虧心事，半夜不怕鬼敲門。

我的心如此平靜，抱著胳膊若無其事地在地窖中走來走去。員警完全放了心，正準備要走。我心花怒放，樂不可支，爲了表達這種得意，我特別想開口說話，哪怕說一句也好，這樣就更可以叫他們放心地相信我無罪了。

那些人走上階梯，我終於開了口：「先生們，謝謝你們幫我擺脫了嫌疑，我感激不盡。謹向你們表示感謝，還望多多關照。各位先生，順便說一句，這屋子結構很牢固。」我一時頭腦發昏，隨心所欲地信口胡說，連自己都不知道自己在說些什麼。「這棟屋子可以說結構好得不得了，這幾堵牆——幾位先生，要走了嗎——這幾堵牆砌得很牢固。」說到這裡，我一時昏了頭，故作姿態，竟然隨手拿起一根棍子，使勁敲著藏著我妻子遺骸的那堵磚牆。

主啊！求您把我從惡魔口中拯救出來吧！我敲牆的迴響餘音未了，就聽得牆裡發出了聲音！斷斷續續，像個小孩在抽泣，隨即一下子變成連續不斷的高聲長嘯，這是一聲哀號一聲悲鳴，半似恐怖，半似得意，只有墮入地獄的受罪冤魂的痛苦慘叫和魔鬼見了冤魂遭受天罰的歡呼混雜起來，才能與這聲音媲美。

我當時頭昏眼花，踉踉蹌蹌地走到那堵牆邊上。階梯上的那些員警大驚失色，嚇得要命。過了一會兒，他們反應過來，全都衝向了那堵牆。十幾條粗壯的胳膊忙著扒開磚塊拆牆，一下子的時間，那堵牆被扒開了，那具凝滿血塊、已經腐爛不堪的屍體，赫然呈現在大家面前。而那隻可怕的畜生就坐在屍體的頭部，張著血盆大口，僅有的一隻眼睛裡冒著仇恨的火。是它搞的鬼，誘使我殺害了妻子，如今它又大聲叫喚報了警，把我送到了劊子手的手裡。

原來我把那黑貓和屍體一起砌進牆裡去了！

瓦爾德瑪的病例真相

「我一直對催眠術有著濃厚的興趣，尤其是『臨終催眠』。

我勸身患絕症的瓦爾德瑪作我的實驗物件，在瓦爾德瑪臨終前，我來到他的病床前，成功地催眠了他。

就在我決定喚醒瓦爾德瑪時，奇怪的事情發生了……」

三年來我一直對催眠術有著濃厚的興趣，但直到九個月前，我才發現我目前的研究存在一個不容忽視的大缺陷，那就是從未有人嘗試過「臨終催眠」。爲了彌補這個缺陷，以下研究就顯得尤爲重要：首先，研究病人對磁力作用的敏感度如何；其次，在敏感度存在的條件下，進一步確定磁力作用有無必要減弱或加強；最後，需要多長時間才能達到臨終催眠的程度。

我開始在身邊尋找合適的實驗物件。我想到的第一個人，是我的朋友恩斯特·瓦爾德瑪，他是《辯論學叢書》的重要編者，曾翻譯過席勒的詩劇，波蘭文版的《霍倫斯坦》和拉伯雷小說《加岡圖雅》。自一八三九年開始，瓦爾德瑪先生便一直居住在紐約赫勒姆區，他非常節省，下肢像美國的電影明星約翰·藍道夫，銀白的鬍鬚與烏黑的頭髮形成鮮明的反差，以至於常被人誤以爲是戴了一頭假髮。

瓦爾德瑪擁有突出的神經質氣質，這一點恰是進行催眠實驗的最佳人選所應具備的條件。我曾毫無困難地對他進行過催眠，但是實驗的結果並不理想。他的意志似乎從未因我對他實施的催眠而受控於我，而且，催眠者本應顯現出超常的洞察力，但我幾乎從未看到過與此有關的可靠徵兆。

我把這一切歸咎於他患肺結核。他也習慣於此，面對臨近的死亡，他總能侃侃而談，其平靜淡定的神態，總讓人認爲死亡對他而言不過是人生遲早要面對的一件事，因而也不必有什麼遺憾。出於熟知此人堅定的人生觀、在美國沒有親友而不會有人干涉這兩點考慮，我坦率地跟他說出了我的課題，他對此極感興趣。這出乎我的意料，因爲雖然他在此前的確爽快地答應做我的實驗物件，但他從未對我的研究表示過興趣。這次我們商定實驗就在醫生宣告他生命將要結束的二十四小時前進行。

兩個月後，我收到了瓦爾德瑪的便條，上面寫道：

親愛的畢：

現在你可以來了，迪大夫與費大夫都認為我活不過明天午夜。我想他們確定我的大限已經將近。

瓦爾德瑪

在收到便條的十五分鐘後，我到達他的房間。十天不見，他就發生了可怕的變化，他的臉色青灰若鉛，神情憔悴，顴骨上的皮膚開始皸裂，眼睛沒有了光芒，痰堆積在喉嚨中，脈搏微弱。

儘管如此，他仍保持著很好的風度，說話清晰並能自己服藥。我走入房間時，他靠著枕頭躺在床上，還能在筆記本上做記錄，兩位大夫站在床邊。與瓦爾德瑪握手後，我從兩位大夫口中得到了病人的詳細情況：瓦爾德瑪的左肺處於半骨質或軟骨質的狀態已長達十八個月，不再有生命力；右肺的上半部有一部分已經全部骨質化，剩下的部分則是互相合併的化膿性結核，其間潰爛出幾個大洞，粘連在肋骨上。

一個月前還沒檢查到右肺出現這種病症，可見其骨質化相當迅速，而潰爛則是三天前才出現的。醫生懷疑他患有主動脈瘤，但由於骨質化的症狀而不能確診。兩位大夫得出共同的結論，病人活不到星期天的半夜，而這時是星期六的晚間七點。

兩位大夫在跟我談論瓦爾德瑪的詳情前，就已經跟他做了最後的告別，在我的請求下，醫生才同意在次日晚上十點鐘再過來看看他。送走大夫後，我與瓦爾德瑪有過短暫的交談，涉及他的病情和我的實驗，他仍對其表示出極大的熱情並顯得迫不及待。兩名男女護士在一旁照顧病人，我還是擔心萬一實驗發生意外，僅靠他們兩位不足以證明，所以又邀請了一位名叫希歐多爾爾．艾爾的醫學院學生，爲此還特地將手術時間改在第二天晚上八點。

我原計劃是等醫生們到來才開始實驗，但出於病人的催促，以及他愈來愈糟糕的狀況考慮，我不得不提前準備。

艾爾先生到來後，實驗正式開始。他按照我的意願，把所發生的一切都記錄下來。得益於他的記錄，我才可以在此複述該實驗的經過，這一過程有的被簡略，有的完全照抄記錄。

我花了五到八分鐘的時間，請求瓦爾德瑪先生盡可能地跟艾爾表述清楚，他是在完全自願的情況下同意做催眠實驗的。瓦爾德瑪先生的聲音微弱但很明白地回答我說：「是的，我完全出於自願接受催眠。」隨後他催促我不要耽擱。

我採用在之前的實驗中證實有效的方法對他進行催眠，用手大力地橫拍他的額角，雖然有一定的影響，卻無法產生進一步的功效。

十點後，迪大夫和費大夫應約前來，我向他們簡短地解釋了我的計畫。考慮到病人已奄奄一息，而實驗又必須繼續，所以我改橫拍爲下拍，並把目光集中在病人右眼。這時他的脈搏似乎消失了，同時每隔半分鐘發出一次打呼嚕的響聲，這種情況大概持續了一刻鐘。之後從病人的胸腔中發出一聲沉重的歎息，然後呼嚕聲就變得不明顯了，但是頻率仍然一樣，病人的四肢逐漸冰冷。

接近十一點的時候，我看到了催眠的效果：瓦爾德瑪混濁的眼中流露出了只有夢遊者才有的驚恐神情。我很快地橫拍幾下，他的眼珠顫動了，像是剛睡著；我繼續對他催眠，他的眼睛就緊緊合上了。這還是不能讓我滿意，於是我就繼續盡我所能地對其進行催眠，直到病人雙腿僵硬才停止。現在他的雙腿雙手都僵直了，雙手遠離腰部，腦袋稍微抬起。

當這些都完成後，已是午夜。兩位大夫在我的請求下為瓦爾德瑪做了幾項檢查，檢查結果引起了他們強烈的好奇心，他們認為病人正處在非常奇特的昏睡中，除了費大夫表示要天亮時才回來外，其餘的人都留了下來。

之後我們不敢驚動病人，直到淩晨三點，我發現他仍保持著費大夫離開時的狀態：依然脈象微薄，呼吸緩慢，不用鏡子根本就無法看出他在呼吸，他眼睛緊閉，四肢僵硬，全身冰冷。我開始靠近瓦爾德瑪，並試著對他的右臂進行催眠，希望可以令他追隨我的右臂。這樣的嘗試在以往對他進行的實驗中從未成功過，所以這次我也沒抱希望。但是結果出人意料，雖然他的胳膊沒力，卻能跟隨我的手臂活動。我決定更進一步，說幾句話看看。

「瓦爾德瑪先生，」我說，「你睡著沒？」他不回答，但是雙唇輕抖了幾下。我一再重複該問題，問到第三遍時，他整個身軀開始輕微地顫動並顯得不安，眼皮動了動，露出一點眼白，嘴唇微抖，低聲說道：「嗯，我睡了，別讓我醒來，我要這麼死去。」

我感覺到他的四肢仍然僵硬，但是右臂還是能跟隨我做動作。於是我繼續問：「瓦爾德瑪先生，你覺得胸部還疼嗎？」這次他馬上就回答了我，但是聲音更低：「不痛，我正在死去。」我覺得不應該再問下去，就安靜下來等費大夫過來。日出前費大夫如約趕到，他詫異於病人竟然還活著，幾項檢查後他要求我繼續對病人問話，我按要求問道：「瓦爾德瑪先生，你還在睡嗎？」像第一次得到回答時一樣，問到第四遍，病人才回答我。這期間他似乎在集中自己所有的氣力。「我正在睡著死去。」這回答讓大夫認爲他目前的情況穩定，建議在病人去世前不去打擾他。然而，我決定再對他重複我之前問過的問題。

這次的問話卻使得病人臉上的表情明顯發生了變化，他睜開眼睛，瞳孔已開始消散，皮膚變成白紙的顏色，臉頰上的潮紅瞬間消失。這種情形使我聯想到一口氣被吹滅的蠟燭。同時，他緊閉的上唇開始鬆動，下頜下沉，嘴巴大張，露出烏黑腫脹的舌頭。儘管在場的人都見識過人臨終前的恐怖，但是瓦爾德瑪這會兒的形象還是把大家嚇壞了。

現在到了本文的關鍵，讀者肯定會對此報以懷疑的態度，但我仍會繼續把該故事說完。

瓦爾德瑪的生命跡象已消失，我們託護士對其進行照護，這時他的舌頭卻用力地顫動起來，並持續了一分鐘之久。這期間，從他腫脹的喉嚨裡發出一種難以描述的怪聲，恐怖至極，我相信從沒有類似的聲音侵襲過人類的耳朵，它有兩個特點：一方面，它似乎來自某個遙遠的地方，更準確地說是來自某個地穴；另一方面，它又像某種濕黏的東西進入我們的耳朵。

在這樣驚悚的聲音中，我卻清晰地聽到瓦爾德瑪先生回答了我先前提出的問題：「我一直都睡著，但現在，我已經死了。」這幾個字造成了極度的恐慌，艾爾先生嚇暈了過去，護士們跑出了房間並拒絕回來。

在這段時間內我根本無暇顧及自己的感受，先是和兩位大夫一起想辦法讓艾爾先生蘇醒過來，接著又去查看瓦爾德瑪先生的狀況：他除了呼吸已經停止外，其他情況仍然照舊。我們嘗試從病人的手臂上取血，但是失敗了，並且病人的右臂也不再跟隨我的手而有任何運動。這時我才發現真正受催眠術影響的部位原來是病人的舌頭，因爲每次病人都在意志力已經明顯不夠充足的情況下，竭盡所能地回答我的問題，我懷疑他已經完全失去了知覺。隨後，我們設法找來了另外兩位護士。十點，我與兩位大夫暫時離開了這個房間，直到下午我們回來看望病人時，他仍保持原狀。

我與大夫們討論了喚醒瓦爾德瑪先生的可行性，以及這種做法的意義。不過，我們都有點擔心，因爲是催眠阻止了瓦爾德瑪先生的死亡，如果我們喚醒他，結果可能是導致他瞬間死去，或者至少是加速了他的死亡。

從那時起直到上個週末的七個月中，每天都有醫務人員和別的朋友去瓦爾德瑪家裡。在這期間這位被催眠的人一直保持著原樣，護士也一直在照顧他。

上週五，我們最終決定做喚醒他的實驗。當然，最後的結果所有人都沒有料到，以至於知情的人們中產生了一波又一波的討論，甚至還引出許多不該有的邪念。這都是我不希望看到的。

我用了通常解除催眠的揮手動作來使瓦爾德瑪先生蘇醒，但結果顯示這方法行不通。不過病人的眼球虹膜開始有部分下降，這是他蘇醒的初步跡象。我們特別注意到，病人的瞳孔昏暗，並開始流膿，同時空氣裡充斥著令人作嘔的刺鼻氣味。我按照大家的提議，對病人的右臂施加影響，但這毫無用處。這時費大夫要求我對病人提問，於是我提出了下面的問題：

「瓦爾德瑪先生，請問你現在感覺如何？你還有什麼願望嗎？」儘管病人的上下頜和嘴唇仍非常僵硬，但是他那潮紅的雙頰上立刻有了反應：舌頭開始劇烈地顫動，臨終時出現過的恐怖聲音又發了出來：「請你看在上帝的分上，讓我睡吧！或者讓我醒來，好告訴你我已經死了！」

我所有的勇氣都在那一刻消失，並且不知所措起來。一開始我想讓病人鎮定，但顯然病人根本就沒這種意願，所以我只能重新嘗試喚醒他。我以爲我會很快地成功喚醒病人，並且相信在場的所有人都已經做好觀看病人醒來的準備。

接下來發生的事，卻出乎所有人的意料。

病人的舌頭一直在發出「死了！死了」的叫喊聲，我在這聲音裡快速地做出了解除催眠的揮手動作，然後病人的整個身軀開始迅速地收縮，在不到一分鐘的時間裡，他完全枯死在我手下，圍滿人群的病床上只剩下一團液狀的腐爛物，令人作嘔。

瑪麗・羅傑疑案

「瑪麗・羅傑是位年輕漂亮的姑娘，她曾經失蹤過一次，但一週後便憔悴地回來了。

大約半年後的一天，瑪麗再次失蹤，四天後人們在河上發現了瑪麗的屍體。

這一案件引起了媒體的注意，各大報紙都爭相報導著……」

01

一年前，我曾經在《莫格街兇殺案》中講述了我的朋友迪潘是如何通過細緻的觀察和縝密的思考破獲這起奇案的。而最近發生的種種離奇事件，卻使我不得不再次拿起筆將我這位朋友的破案經歷付諸文字。如果我不這樣做，實在不符合我的一貫風格。

迪潘破獲了莫格街的兇殺案之後，很快就將這一切拋到了九霄雲外，然後又像以往一樣終日沉浸於冥思神遊之中，而在這一點上我倆的愛好極其相似。我們依然住在聖日爾曼區的老房子裡，想將平凡的世界重新編織，讓一切都煥發出夢幻的光彩。

但是，我們的美夢總是被打擾，自從迪潘破獲了莫格街的兇殺案之後，他的名聲大振，受關注的程度也就越來越高。以他正直坦誠的性格，本來可以向公眾說明破獲案件的原因，但是生性懶散的他，不想作更多的解釋。這反而加重了外界對他的好奇，人們認爲他擁有過人的分析能力和異乎常人的直覺，他也因此成了員警眼中的紅人。警方經常邀請他去破獲一些匪夷所思的案件，其中非常重要的一起，是一個名叫瑪麗．羅傑的少女被殺害的案件。

瑪麗．羅傑自幼喪父，跟隨母親艾斯黛．羅傑生活在聖安德列街。母親經營一家家庭旅館，瑪麗幫著母親照料生意。瑪麗長得非常漂亮，二十二歲的時候，她的美貌引起了一個香水商人的注意。這個香水商人叫那布蘭科，他在皇宮街地下室經營一家香水店，顧客大多是當地的投機商。那布蘭科想讓漂亮的瑪麗幫他賣香水，因為瑪麗的美貌一定會吸引更多的顧客。於是他找到了瑪麗，瑪麗聽完後欣然同意，但是她的母親艾斯黛好像不太樂意。

香水店的生意因為瑪麗的加入而更加興隆。瑪麗就這樣在香水店工作了一年多。一天，她突然失蹤了，沒有人知道她去了哪裡，那布蘭科一點線索也沒有，瑪麗的母親更是急得六神無主。香水店的顧客紛紛表示疑惑，鑒於事態的不斷擴大，警方準備介入調查。但是，一個星期之後，她突然又回到了香水店，除了有些憔悴外，沒有任何變化。母親問她去了哪裡，她說去鄉下的親戚家住了一周。

可能是為了擺脫人們對她失蹤的追問和議論，不久之後，瑪麗辭掉了香水店的工作。然而大約半年過去，瑪麗再次失蹤，眾人四處尋找沒有著落，親友們議論紛紛。

就在她失蹤的第四天，員警在圓木門附近的塞納河上發現了她漂在河面上的屍體。很顯然，這是一起謀殺。由於案件性質的惡劣，加上被害人生前的美貌，巴黎人對此事份外關注。警方也不得不抽調更多警力破獲此案。但是一星期過去了，案件毫無進展，於是警方在大舉篩查可疑人員的同時，懸賞一萬法郎緝拿兇犯。公眾對此案也保持著高度的關注。

無奈兩周過去了，案件依然毫無頭緒，警方只得將懸賞金額加至兩萬法郎。與此同時，警察局局長當眾宣佈，如果兇手不止一人，每抓獲一人懸賞兩萬法郎，還附加一個私人市民委員會追加的一萬法郎，總共三萬法郎，這樣的懸賞金額著實不低。

大家都以爲這起案件很快就會水落石出，警方確實也逮捕了幾名嫌疑人，但是經過審訊，這些嫌疑人都和案件無關。案發已經三個星期了，案件依然毫無頭緒。謠言四起，我和迪潘也知道了這件事情。實際上，我們當時很少關注外面的事，七月十三日來訪的警察局局長是第一個向我們完整講述這一案件的人。

他和我們談到深夜，希望迪潘能夠幫助他破獲這起案件，畢竟這事關他的榮譽。當然，他也對迪潘卓越的偵探才能進行了一番恭維，並且提出了一筆優厚的酬金。

迪潘對局長的恭維並不在意，但他接受了酬金，即使對方說破案之後才能兌換。接下來，局長說出了自己對案情的看法，發表了一番長篇大論，迪潘則坐在他經常坐的靠椅裡，擺出傾聽的樣子。他戴著一副墨鏡，偶然順著墨鏡往上瞟一眼，不難看出，在口若懸河的局長面前，他睡得很香甜。第二天早晨，我去警察局調出了證詞的全部筆錄，又到各家報社取了一份刊載案件的報紙。除去那些不真實的消息，我將資料的內容進行了系統的整理。

02

從我整理的資料中可以看到：六月二十二日，周日，上午九點。瑪麗．羅傑出門，在門口遇見了雅克．聖尤斯達西——她的男友，也是她母親經營的家庭旅館的一名房客。她和雅克打了招呼，並且說自己要去德羅姆街的姑媽家住。德羅姆街是塞納河附近一條狹窄而人口密集的街道。從瑪麗家到那裡，如果走近路，只有兩英里。雅克說好晚上接瑪麗回家，但是，天公不作美，下午下起了暴雨，他以爲瑪麗會在姑媽家住一晚，所以沒有去接她。

晚上，年過七旬、體弱多病的羅傑太太念叨著：「再也見不到瑪麗了。」但是，她的話並沒有引起大家的注意。

週一，大家才發現瑪麗沒有去德羅姆街。一天過去了，大家仍然沒有她的消息，便四處尋找，直到她失蹤的第四天，才得知她的下落。

六月二十五日，週三，一個名叫博維的先生和朋友一起去聖安德列區附近的圓木門一帶尋找瑪麗的時候，聽說塞納河的漁夫發現水中漂著一具女屍。博維先生趕到後認定那就是瑪麗。他的結論也得到了隨行的朋友的認可。

溺水而亡者大多口吐白沫，但是這個死者臉上沒有白沫，而是滿臉汙血，有些是從嘴裡流出來的。這具屍體較易辨認，死者的皮肉尚未變色，頸部有青紫的痕跡和抓痕，腫脹得厲害。她的身上無刀傷，也無任何硬傷。已經僵硬的雙臂彎於胸前，左手微張，右手緊握成拳。左腕有明顯的繩索勒痕，右腕也有部分擦傷。背部傷痕遍佈，肩胛骨部分傷痕最多。漁夫們用繩子捆住屍體拖上岸，在這個過程中，屍體沒有因爲打撈而增加新的擦傷。死者頸部被一條花邊帶子緊勒，在右耳下方結成死結。法醫鑒定，死者生前曾遭暴力強姦。

死者的衣服被撕破，外衣上有一道大約三十釐米寬的口子，從臀部到腰間，但是沒有完全撕破。死者腰間被布條纏了三圈，布條在背後打結繫住。瑪麗麻紗質地的襯衣上有一道半米長的口子，撕得很均勻，撕下的布條綁在死者的脖子上，打成死結。麻紗布條和花邊帶子之間繫著一條根帶，連著一頂無邊女帽，帽帶上的結不是女人們常打的那種，而是水手常打的滑結。

認屍之後，屍體沒有按照慣例送至停屍房，而是在距離岸邊不遠的地方草草下葬。博維欲將此事掩蓋，但是，好幾天後有消息傳出，但是，一家報紙宣揚了此事，警方挖出屍體重新檢驗，沒有任何新發現，死者的母親也確認了她的身份。

隨著事情的發展，人們紛紛猜測。警方逮捕了一些嫌疑犯，但最後都放掉了，其中嫌疑最大的是雅克，直到他提供了不在場證明時才獲釋。時間一天天過去，案件卻陷入了僵局，各種推測開始出現，連新聞記者也開始分析，其中最引人注意的是瑪麗還活著，而死屍可能是別的受害者。我從《星報》上摘錄了部分內容：

六月二十二日早晨，瑪麗離開家時說是去德羅姆街的姑媽家，後來她就失蹤了。到目前為止，沒有人在她離開家之後見過她。雖然我們沒有證據證明二十二日九點後瑪麗還活著，但我們有證據證明，她在那天上午九點前還在人世。二十六日中午十二點圓木門附近發現了女屍。如果瑪麗是離開家三小時後就被棄屍，那麼也只有三天。如果瑪麗真的慘遭不幸，那麼兇手最早也會選擇在夜晚行兇，而不是光天化日下動手。

由此推出，如果河中的屍體確是瑪麗，那麼浸泡時間最多不超過三天。但如此一來，瑪麗的屍體浮出水面一事就變得難以解釋。因為經驗證明，溺水者或因暴力致死者被拋入水中的屍體至少需要六至十天才會因屍體嚴重腐爛而浮出水面。而瑪麗的屍體浸入水中不足五六天，即使是採用外力強迫其浮出水面，也會重新下沉。那麼，屍體為什麼會違反自然規律，提前浮出水面呢？

如果死者遇害之後，直到週二晚上才被拋入水中，那麼兇手就可能在岸上留下痕跡。但即便屍體是死後兩天才扔到河中，它也不可能在短時間內浮出水面。何況，如果是兇殺案，兇手為什麼不在屍體上繫重物？由此編輯推斷出：

屍體在水中泡了肯定不止三天，至少有十五天，因為屍體已經開始腐爛。接著，他的筆鋒陡轉，開始責難博維。文章說：博維是根據什麼判定死者就是瑪麗？他撕開衣袖後，就說發現了證明瑪麗身份的記號。

大家一般認為，他說的記號是疤痕之類的痕跡，實際上他只是摸了一下死者的胳膊，摸到了上面的汗毛——這太不可思議了。博維當天沒有回來，七點才捎信給羅傑太太。如果說瑪麗的母親因為年歲已高，悲傷過度，無法去現場辨認屍體，那麼她的其他親屬為什麼也全都沒去現場？

瑪麗的姑媽家好像什麼事也沒有發生，身為房客和瑪麗男友的雅克也是在第二天博維告訴他的時候才知道此事。人命關天，但大家的態度如此冷漠，讓人覺得匪夷所思。報紙著力渲染瑪麗親友的冷漠態度，暗示他們並不認為屍體就是瑪麗。這篇文章的寓意是：

有人對瑪麗失去貞潔指指點點，於是瑪麗就在親友的幫助下離開了本市。塞納河上的屍體和瑪麗很像，於是親友就借此事使公眾相信她已經死了。

但是《星報》的結論下得太早了，瑪麗的親屬實際上並不冷漠。羅傑太太年老體弱，再加上瑪麗去世的刺激，無法親自去現場。而雅克悲痛欲絕，神智混亂，博維只好委託別人照顧他，並且嚴禁他去認屍。此外，儘管《星報》說重新下葬是公家出錢，沒有親友出席瑪麗的葬禮，但事實並非如此。

後來《星報》又企圖將矛頭指向博維，說案情出現了轉折，因爲B太太曾去過羅傑太太家，在門口巧遇博維先生。他對B太太說，待會兒會有員警來，什麼都不要說，他回來之後會處理。

《星報》由此推斷，博維肯定有不可告人的秘密。他是案件的核心人物，操縱著案件的發展。《星報》還舉出某位當事人的說法，說博維將死者的男性家屬排擠出此案，因此，他極力反對家屬看屍體。文中又舉例，說博維更像嫌疑犯。瑪麗失蹤的前幾天，有人拜訪博維的辦公室，而他不在。此人在門的鎖孔上發現了一朵玫瑰花，花上掛著寫有「瑪麗」二字的留言牌。

到目前爲止，很多報導都認爲瑪麗是被一群流氓所害，而《商報》卻有不同觀點，其主要觀點摘錄如下：

員警偵查的重點始終在圓木門一帶，這種偵查犯了方向性錯誤。瑪麗是一個很多人都認識的漂亮女孩，如果她走過了三個街區，而且是在人多的時候上街，一路上至少有十個人能認出她。而至今沒有報告顯示有人在她出門後見過她。只有一句「她說她要出門」的證詞，再沒有其他證據。而她的衣服被撕壞後綁在身上，打成死結，看起來就像是一個可以拎的包裹。如果兇殺發生在圓木門一帶，兇手沒有必要捆綁屍體。屍體在圓木門一帶被發現，也不能證明兇殺就發生在那裡。兇手將瑪麗捆綁起來，一直纏繞著她的脖子，可能是為了防止她喊叫求救，因此可以推斷，兇手沒有帶手帕。

就在警察局局長拜訪我們的前一兩天，新的證據推翻了《商報》的推斷。德魯克太太的兩個兒子在樹林裡玩的時候發現密林深處有一處帶腳蹬的石椅。他們發現石椅的靠背上有一條白裙子，而石椅上有一條絲巾，地上有踩踏的痕跡，附近的一些樹枝也被折斷，應該是搏鬥的痕跡。在樹林和河流中間，還發現了翻倒的籬笆，據此可以推斷出有人拖著重物經過此地。

週報《太陽報》對新發現作出了評論：

這些物品在那裡至少三四周了，已經發黴，結成了黴塊。一些物品的周圍，甚至物品上都長了草。折疊式太陽傘的質地結實，裡面的絲線卻纏成一團，傘上已經發黴腐爛，一撐開就破了。矮樹叢上掛著的布條有十到二十釐米長，一條是經過縫補的上衣衣襟，還有一條是從裙子上扯下來的。

因此，可以肯定地說，這裡就是凶案現場。有了這個重大發現，新的證據也浮出水面。德魯克太太說，她在靠近河岸的地方開了個小酒館，就對著圓木門荒郊。那一帶十分荒涼，每逢周日，成群的流氓就乘船過河，到那胡鬧。出事的那個周日下午三點鐘左右，一個年輕的女孩和一個皮膚黝黑的小夥子在酒館待了一會兒，就朝著密林的方向走去。德魯克太太注意到了女孩的衣服，尤其是她的絲巾。

兩人走後不久，那群流氓就來酒館大吃大喝，吃完了連錢都沒付，就沿著那對青年男女走的路離開了。天快黑的時候他們才回來，匆匆地乘船走了。傍晚，天剛黑，德魯克太太和她的大女兒聽到有女人淒厲的尖叫聲。後來，德魯克太太認出了密林裡發現的絲巾，也認出了那條裙子。

一個叫瓦朗斯的馬車夫也提供了證詞：出事的那周日，他看見瑪麗和一個皮膚黝黑的小夥子乘船渡過了塞納河。他認識瑪麗，所以不會看錯。密林中的衣物，經瑪麗的家屬辨認，確認都是死者的物品。

我和迪潘從報紙中收集了很多證據和資訊，除了上述內容外，還有一項重要發現：發現瑪麗的衣物不久後，瑪麗的男友雅克奄奄一息地躺在那個被認定爲兇殺現場的密林中。他身邊有個標有「鴉片汀」的空瓶，他服了毒，還沒說話就死掉了。在他身上找到了一封簡短的信，信中說他深愛瑪麗，所以無法獨活。

03

迪潘看完我摘錄的材料說：「你肯定也能看出來，這個案子比莫格街兇殺案要複雜多了。雖然這案子的作案手段非常殘酷，但它仍是普通的刑事犯罪，因此，人們也認爲這案子好破。其實，這才是此案不容易破的真正原因。因爲是普通案件，警察局開始認爲不必懸賞，就可以破案。他們想像了很多兇殺方式和殺人動機。每種方式和動機都能說得通，於是他們理所當然地認爲事情的真相就是其中的一種。但是，真正破案的時候就困難了。我認爲，如果一個人想憑藉自己的智慧和分析獲得事情的真相，那麼他應該有獨到的見解。」

「我要問的不是『發生了什麼』，而是『發生的事情中，哪些是以前沒發生過的』，那些『不同尋常』的情況就是突破口。根據屍體的情況，我們不必爲這是自殺還是他殺傷神。」

「有人認爲死者不是瑪麗，警察局懸賞捉拿殺害瑪麗的兇手，咱們和局長的協議也是查找殺害瑪麗的兇犯。但是，我們都知道警察局局長的爲人，如果咱們從屍體入手查，最後查出一個殺人兇手，但最後發現死者不是瑪麗；或者，假設瑪麗還活著，最後我們幸運地找到活著的瑪麗——無論哪種情況我們都不會領到酬金。所以，即使不爲伸張正義，單從酬金考慮，我們也要先驗明屍體的身份，確認屍體是否是失蹤的瑪麗・羅傑。」

「《星報》的觀點對公眾的影響力很大，這家報紙也認爲自己的觀點舉足輕重，但文中的結論不過是作者的一相情願。我們應該牢記：報紙的目的並不是想探尋事情的真相和原因，而是想樹立一種觀點，製造轟動，唯有探尋真相和製造轟動不矛盾時，報紙才願意探尋真相。如果只是提出普通的觀點，是不會引起大眾的注意的，只有觀點和常理大相徑庭，才會引起強烈的反響。推理和文學的相似之處在於驚人的論調會受到大眾的賞識。」

「我的意思是說，《星報》聲稱瑪麗還活著，是故意語出驚人，以吸引讀者。我們暫且不論它的觀點的前後矛盾之處，先來分析一下它的觀點。作者的首要目的是爲了表明從瑪麗失蹤到發現浮屍，時間間隔很短，所以屍體不是瑪麗。作者故意將時間縮短，然後開始猜測：如果瑪麗真的慘遭殺害，那麼兇手應是很早動手，然後在午夜前拋屍河中，這是講不通的。爲什麼講不通？兇手可能在那天的任何時間行兇。只要兇殺是在周日早九點到次日淩晨之間，兇手都有足夠的時間，在午夜前將屍首拋入河中。所以，作者的意思是，兇殺不是周日發生的。如果允許其這樣臆測，那麼就等於讓他瞎猜。」

「作者還固執地認爲，如果瑪麗真的受害致死，兇手如果動手很早，那麼在午夜前將屍體扔入河中是不可能的，同時還認爲，午夜之後依然沒有拋屍也是講不通的。這看似矛盾的話，卻不像報紙上說得那麼荒唐。」

迪潘接著說：「如果要駁斥《星報》的觀點，剛才的評論已經足夠了。我們的任務是查出真相，《星報》作者的潛臺詞是：無論兇殺案發生在周日的白天還是晚上，兇手都不會在午夜前拋屍，我認爲這觀點不對。」

「作者認爲，河邊不是兇殺現場。其實，如果兇殺發生在河邊或者河上，那麼在那一天的任何時間，這都是最佳的方法。《星報》的作者認爲，如果屍體是瑪麗，那麼屍體在水中浸泡的時間則非常短。他縮小了自己的推理範圍，以適應自己的需要。他接著說：『溺水者的屍體需要入水六至十天才會因爲腐爛而浮出水面，即使外力強迫其浮出，也會重新下沉。巴黎其他的報紙都默認此說法，除了《箴言報》。它列舉了五六個實例說明溺水者屍體上浮不需要六至十天，不過，《箴言報》用了特殊例子反駁，所以對於《星報》提到的自然法則而言，那只是例外，因此《星報》的觀點依然很具說服力。」

「如果想駁斥《星報》的觀點，必須要探討其提到的這個自然法則，瞭解身體和塞納河的河水比重相當。正常狀態下，一個人身體的浮力等於其排水量。骨架小脂肪多的身體比骨架大脂肪少的身體比重輕。女人一般比男人的身體輕。河水的比重還要受到潮汐的影響，如果不考慮海水因素，在淡水中，也很少有人的身體會沉下去。落水者基本都可以浮出水面，只要他把自己全部浸於水中，這時身體的排水量足夠浮起自身。不會游泳的人最好採用在地面上走路的姿勢，頭儘量後仰，浸於水中，鼻子和嘴露出水面。這樣，人們便可以毫不費力地漂浮。」

「但是，人的體重和排水量很難保持平衡，如果借助一塊木頭的浮力，頭就可以完全探出水面。不會游泳的人在水中掙扎時，總是手往上舉，頭直接伸著，這樣鼻子和嘴都會沒入水中。此時如果掙扎著呼吸，水就會進入肺和胃，肺和胃裡本來都是空氣，一旦進水，重量就會發生變化，身體就會下沉。但是如果一個人骨架小脂肪多，那他就不至於沉下去。這類人即使淹死了，也依然能夠浮在水上。」

「屍體一旦沉入水底，就會一直在水裡，直到某種原因使其上浮。屍體腐爛是其中一個原因。因爲腐爛會產生大量氣體，充斥在組織和器官之間，造成身體體積膨大，密度變小，所以屍體就會上浮。而又有很多因素會影響屍體的腐爛，季節、水的純度和礦物質含量、水流速度和水深，以及屍體本身的生前體溫、健康狀況等。這些因素中有的會加速屍體腐爛，有的則會減緩。」

「所以屍體需要多久能浮出水面，沒有定論。有時，一個小時就能浮上來，有時根本不會上浮。一些特殊的化學藥劑如二氧化汞，會讓屍體永不腐爛。除了腐爛外，胃裡的食物發酵，其他臟器類似原因的發酵也會產生大量的氣體，致使屍體因大量充氣而浮出水面。」

「弄清楚這個問題之後，我們就可以看《星報》的觀點了。作者說經驗證明，屍體要經過六至十天才能浮出水面的說法非常荒誕，因爲無論是從經驗還是從科學的角度看都沒有這樣的定論。另外，溺水身亡者和暴力致死者是有區別的，作者雖然承認有區別，但是卻又把他們歸爲一類。剛才，我已經說過溺水的人爲什麼比水重。一個不會游泳的人，當他掙扎著把胳膊伸出水面，頭在水下呼吸，導致肺部空氣被擠走時，他才會下沉。而暴力致死後立刻拋入水中的屍體，不會掙扎和呼吸，因此對於這樣的屍體，自然法則是屍體不會下沉，等到屍體高度腐爛，就是肉在巨大壓力下完全脫離骨頭時，才會不見屍體。《星報》顯然忽略了這一事實。」

「《星報》的另一個觀點是屍體不是瑪麗的。因爲作者認爲，剛過三天的屍體是不會浮出水面的。但這具屍體是女人的，即使是淹死的，也可能沒有沉下去；如果沉下去了，也有可能在二十四小時內重新浮出水面。但是沒有人認爲瑪麗是淹死的。如果她是被殺之後被扔入水中的，那麼隨時都有可能發現她漂在水上。」

「此外，《星報》又提出，如果死者遇害後在岸邊放到了週二晚上才扔下去，那麼岸邊就可以發現兇手的痕跡。這話乍一聽很難明白推理者的意圖，其實作者料到別人會駁斥他的觀點：屍體在岸上放了兩天，比沉在水中腐爛得還要快。他認爲，如果這屍體在岸上放了兩天，腐爛得更快，那麼第三天才可能浮出水面。所以他指出，屍體並沒有放在岸上，因爲如果放在岸邊，那麼就可以在附近發現兇手的痕跡了。屍體在岸上的時間長短，怎麼會增加發現兇手痕跡的可能性呢？你不明白，我也不明白。」

「這家報紙接著說：如果事情真的像大家所想的那樣，是兇殺案，那麼殺人兇手也太愚蠢了。棄屍居然不綁上重物，這思維是多麼可笑啊。包括《星報》在內，沒有報紙說這屍體不是兇殺致死，因爲屍體上的暴力痕跡很明顯。作者的目的是想說屍體不是瑪麗，而不是說屍體的真正主人沒有被殺。根據案情，他的評論只能證明後面一點，即屍體身上沒有重物，兇手殺人棄屍的時候應當繫上重物，所以屍體不是兇手扔下水的。」

「《星報》證明了這一點，但根本沒有探究兇手是誰。而《星報》的論述又否定了自己剛剛承認的事實。」

「《星報》認爲，打撈上來的屍體是一位被謀殺致死的女性，這不是作者唯一自相矛盾的例子。他總是不自覺地違背自己作出的推論。他的目的很明顯：儘量縮短瑪麗失蹤到發現屍體這一段時間的長度。爲此他不斷強調，瑪麗出門後，就沒有人再看到她。他說：『我們沒有證據說周日九點以後的瑪麗仍在人世。』由於可見他的觀點很片面，他不該提出這個問題。如果真的有人在週一或者週二見過瑪麗，案發時間長度會大大縮短，根據他的分析，屍體是瑪麗的可能性也大大減少了。」

我們繼續分析《星報》對博維辨屍的看法。「關於胳膊上汗毛的描寫，《星報》顯然是隨口胡言，博維先生絕對不會一看胳膊上的汗毛就能確定死者的身份。《星報》寫到『每個人身上都有汗毛』的措辭極其含糊，這也正好暴露了他對證詞的篡改，證人一定說到了汗毛的特別之處。」

「《星報》還說：『她的腳很小——女人的腳都很小。她的吊帶襪不能成為證據，鞋也一樣。因為吊帶襪和鞋都是批量出售的，頭上的假花也是。博維先生指出，吊帶襪上的吊鉤是翻轉過來的，往下移了一些。這也說明不了問題，因為大部分女人都不在商店試吊帶襪，而是買回去之後再調整吊鉤。』」

「從這段文字很容易看出，作者沒有認真推理。如果博維先生發現了女屍的體貌特徵和瑪麗的一致，即使不考慮死者的穿戴，也可以確認死者的身份，而當他發現了死者胳膊上的特殊汗毛和瑪麗生前的一致，那麼就大大提升了辨認的準確性，汗毛特徵越明顯，準確性越高。如果瑪麗的腳小，而死者的腳也小，那麼死者是瑪麗的可能性就大大增加了。除此，死者的鞋子和瑪麗失蹤時穿的鞋子一樣，帽子上的假花和瑪麗失蹤時戴的假花是一樣的，這些東西雖然是批量生產的，但是和其他證據結合起來，就構成了確鑿的證據。證據可靠性的提升不是以加法的形式呈現的，而是以乘法的形式大大提升了。」

「吊帶襪本身沒有什麼，但是吊鉤翻轉了，瑪麗也習慣把吊鉤翻轉，這一點變得確鑿無疑。《星報》對吊帶襪的解釋，不過是爲了繼續支援他的錯誤觀點。吊帶襪是有彈性的，翻轉吊鉤本身是不尋常的事情，因爲自身有調節能力的東西，不需要外力提拉。瑪麗用翻轉吊鉤的形式收緊吊帶襪，肯定是因爲某種特殊原因，所以吊帶襪本身就可證明死者是瑪麗。但確認死者是瑪麗，不是因爲她的吊帶襪、鞋子，或者帽子上的假花，抑或是死者的體貌特徵和瑪麗相像，而是因爲樣樣俱全。」

「《星報》的編輯從律師的閒談中拾人牙慧，而律師其實也不過是法庭的附和者。我想說的是，雖然有很多事物不被法庭承認可以作爲證據，但只要能確認，就是最好的證據。法庭只講事物的普遍性，根據大家公認的規則辦事，而不講具體問題具體分析。」

「這樣的模式能夠在任何一段相關聯的時間內最大限度地獲取真相，但是對個別案件來說，這種模式反而會產生錯誤。至於懷疑博維先生那段，也不足爲道。你已經調查了這位老好人，他有些愛管閒事，浪漫而且單純。這類人如果遇上點刺激的事情，就會舉止失當，因此會引起別有用心者的惡意中傷。從報刊摘錄中可以看出，博維和編輯細聊過幾次，他不顧及編輯對案情的觀點，而是堅持認爲屍體就是瑪麗，這讓《星報》編輯大爲惱火。」

「現在不管《星報》的觀點，單獨提一點：某人對某事很瞭解，他深信此事，卻說不出讓別人也相信的道理。辨認人的事情尤其如此，每個人都能辨認出自己的鄰居，但很少有人說出他辨認的理由。博維對自己的確認堅信不疑，這很正常，《星報》記者也不必爲此惱火。」

「我覺得『浪漫而好管閒事』比『博維有罪』更適合解釋博維的行爲。一旦接受這種『善以待人』的解釋，就不難明白，玫瑰花、留言牌上的『瑪麗』、『反對死者家屬看屍體，尤其是男性家屬』、囑咐B太太不要跟員警說什麼，以及『他決心獨攬此案，不想讓別人插手』之類的事。依我看，博維是瑪麗的追求者之一，而他想讓人們認爲他們之間有密切而特殊的關係，至於瑪麗的母親及其他親人對瑪麗之死持冷漠態度的事情，如果他們認爲屍體不是瑪麗的，那麼冷漠也很正常。但如果他們相信屍體是瑪麗的，還漠不關心就不合情理了。不過後來有關證據已經將《星報》的說法推翻，現在我們暫且認爲屍體就是瑪麗的，繼續往下分析。」

在迪潘說話的空當，我插了一句：「你怎麼看《商報》的觀點？」

「《商報》的觀點是很引人注意的，與其他報紙的觀點相比，它的推論很尖銳，而且有一定的學術性，但是它推斷所依據的前提有兩處不準確的地方。《商報》想證明瑪麗是被一群流氓劫持，它認爲瑪麗是個公眾人物，如果她走過三個街區，不會沒有人看到她，這應該是一個久住巴黎的人的觀點，他在用自己的知名度和瑪麗相比較，所以認爲，瑪麗如果在街上走，也能遇到熟悉的人。如果作者的推斷正確，那麼前提是瑪麗也要像這位作者一樣，走的是自己熟人多的社區。」

「然而，瑪麗出門可能沒有這樣的規律。在她最後一次出門時，走的路線可能是她不常走的一條。《商報》作者認爲瑪麗出門能夠被熟人認出的事情只能在特定情況下發生。我認爲，如果瑪麗在某一時刻上街，從她家到德羅姆街的姑媽家，很有可能就是一個熟人都沒有遇到。這類問題就是：就算巴黎最有名的人，比起巴黎的總人口，他的熟人也只能算是滄海一粟。」

「《商報》的觀點看上去很有說服力，但一考慮到瑪麗的出門時間，它的說服力就大大減小了。《商報》上說，她離家的時候，正是街上人多的時候，其實並非如此。一般上午九點確實是街上人多的時候，但周日例外。周日的上午九點，大多數人都在家裡準備去教堂，每個安息日，從早晨八點到十點，城裡都格外冷清。十點以後街上就熙熙攘攘了，但九點的時候人卻很少。」

「還有一處可以看出《商報》觀察的紕漏。它說，兇手將死者的裙子撕下，綁到死者的下巴底下，然後繞到腦後。兇手這樣做的目的可能是防止她喊叫，然後推出『兇手是沒有帶手帕的』這一結論，應該就是想證明兇手是流氓中最下等的。然而，他說的這種人，即使不穿襯衣，也會總帶著手帕。近年來，就算十足的下流地痞也會隨身攜帶手帕。」

我問：「那麼《太陽報》的觀點呢？」

「此文的作者不過是把已經見報的那些觀點重新堆砌了一遍，他勤奮可嘉，卻沒有什麼獨到的見解。他強調凶案現場已經被找到，但這根本無法消除我對這一問題的懷疑。」

「現在需要看看其他的調查。首先，驗屍很草率，死者的身份可以確認，但還有很多問題需要調查。死者是否遭到過搶劫？她出門時有沒有戴珠寶首飾？如果戴著，那麼發現屍體時首飾還在嗎？這些問題都很重要，但是居然沒有這方面的證據。還有一些需要調查的重要問題，雅克自殺案也需要重新調查，雖然我不懷疑他和瑪麗的死有關，但還是要把事情調查清楚。他交給警察局的那份關於自己周日的行蹤清單是否說的是實話。如果所言全部屬實，那麼我們可以不調查他，但他自殺一事確實很可疑。但只要他在行蹤單上沒有說謊，即使案件和他有關聯，也不必下太大工夫調查他。」

「我認爲，我們先不管案件的各種內部因素，先從週邊入手調查。在進行這種調查時，人們只注重直接證據的調查，而不顧相關的細節，這是錯誤的思路。法庭審理案件也只注重那些明顯關聯的查證和討論，而實踐和理論證明，真相多來自那些看起來無關緊要的細節。根據這個原則，現代科學把偶然因素納入了考慮範圍。人類知識的歷史表明，無數重大的發現都和那些微不足道的偶然事件密切相關，爲了科學的進步，必須爲偶然和機遇留足空間。人們已經承認意外事件也是基礎架構的一部分，機遇完全可以納入思考範疇，我們甚至開始用數學公式計算那些從未想像和預期過的東西。」

「我強調一下，真相大多來自細枝末節。這是事實，更涉及一些重要法則。在此案中，我會堅持這些原則，先不調查那些別人調查了好久，卻沒有收穫的重點線索，而是去研究相關的環境證據。你去核實雅克的行蹤清單，我再大範圍搜集一下報紙資料。這樣一來，我們弄清楚調查範圍，我廣收報紙資料之後，一定能找到調查的方向。」

04

我按照迪潘的建議，核實了雅克行蹤清單中的內容，發現雅克是清白的。同時，迪潘閱讀了更多的報紙，他給出了這樣的一份摘錄：

半年前，發生過一則轟動一時的新聞，主角就是這位瑪麗．羅傑。她從那布蘭科的香水店突然出走，但一個星期後，她又回到了店裡，只是面色憔悴些，當時的輿論也如現在這樣沸騰。後來，據那布蘭科和瑪麗的母親說，她只是去鄉下的親戚家住了一段時間。這件事很快平息了，她現在的失蹤可能和上次失蹤差不多，過不了一周，或者頂多一個月，她就會回來。

六月二十三日，《晚報》：

昨天一家報紙提到瑪麗小姐上次的神秘失蹤，很多人都知道，她是去找一名放蕩的海軍軍官。據分析，因爲他倆吵架，她才回來的。這個軍官名叫洛塔利奧，現駐巴黎，但他不願公開自己的身份。

六月二十四日，《信使報》：

前天傍晚，本市近郊發生了一起性質惡劣的慘案。一位攜帶妻女出行的紳士雇六名在塞納河划船遊玩的青年送他們過河。船抵達對岸後，紳士一家離開，但半路上，女兒卻發現自己的遮陽傘掉在船上。她回去取時，遭到這夥青年的劫持，他們堵住她的嘴，將她載入河中強暴，後又送回岸上。目前警方正在全力追捕逃犯，我們相信很快就會有歹徒落網。

六月二十五日，《晨報》：

我們收到了檢舉信，指控滿納斯是強姦少女案的罪犯之一。最後調查發現，滿那斯先生無罪，由於檢舉信雖有熱心，但證據不足，本報不便刊登。

六月二十八日，《晨報》：

我們收到很多措辭不同，來源不同，但觀點一致的來信。他們普遍認為，瑪麗是被一夥星期日在塞納河一帶廝混的流氓殺害的。本報認為這些來信的推測可信，我們將陸續刊登部分來信。

六月三十日，《晚報》：

星期一，一名船夫發現了塞納河上漂著一隻空船，船帆置於船底。船夫便把這只船拖到了船舶辦事處。第二天，有人悄無聲息地將船取走，只有船舵還留在船舶辦事處。

讀過這幾則摘要，我覺得他們沒有什麼關聯，好像和本案也風馬牛不相及，便等迪潘對其作出解釋。

迪潘說：「摘錄的前兩條，是為了說明員警的粗心。據我所知，他們竟然還沒有去調查那位海軍軍官。但是，如果因為缺少證據，就認為兩次失蹤毫無關係，這多麼愚蠢。如果《晚報》所言屬實：第一次私奔後，情人之間發生爭執，導致瑪麗回家，那麼，現在我們不妨把第二次私奔（假設確實知道是私奔的話）看做是兩個人『重溫舊夢』，而不是新情人的出現。舊夢重圓的概率要遠遠大於新歡出現的概率，兩者所占比例大約為十比一。請注意這樣的事實：第一次失蹤和第二次相隔數月，與海軍軍艦出海週期相差不多。」

「那麼是否可以推斷：瑪麗的那個男友在第一次誘騙她時，因為軍隊任務而不得不中斷行動。於是，當他下一次靠岸，就趕緊繼續他的願望？你肯定在想，瑪麗第二次出走，不是私奔。當然不是，不過我們完全可以認為是未遂的私奔！除了雅克和博維先生，我們找不出公開追求瑪麗的紳士了。由此看出，約她的是個秘密情人，甚至她的大部分親戚都不知道此人。星期天上午，瑪麗確實和此人約會，她離家的那天，羅傑太太說『恐怕我再也見不到瑪麗了』這句預言性的話到底代表了什麼？」

「我們暫且不去想羅傑太太是否暗中支持了這項私奔計畫，但我們可以假設，瑪麗同意了秘密情人的計畫。可是，她離家時對別人說去看望姑媽，還讓雅克傍晚接她，這看上去和我們的假設大相徑庭。」

「我們可以仔細分析：瑪麗確實遇見了一個男人，並且在下午三點和那人去了圓木門一帶的荒郊。當她答應和那個男人在一起時，肯定會想到自己早晨跟大家說要去姑媽家，並且讓雅克傍晚接她的話。她也會想到，如果在約好的時間雅克找不到她，會是怎樣的驚慌和擔心。當時她肯定想到了這些，她不敢回去面對眾人的懷疑。不過，她如果決定不回去，那麼這種懷疑對她而言就不重要了。」

「我們不妨設想一下她的考慮：『我要見一個人，同他私奔，或者做一件只有我自己知道的事情。這件事情一定要有足夠的時間逃過追查。所以，我要讓大家認爲我是去看姑媽了，並讓雅克傍晚來接我，這樣我就有足夠的時間。如果我打算回來，我就說要陪別人散步，讓雅克不用來接我，我天黑以前就回來。這樣一來，沒有人知道真相；萬一我要永遠不回來，或者幾個星期後回來，那麼，爭取時間也還是最重要的。』」

「從你摘錄的資料看，大眾普遍認爲瑪麗是被流氓所害。在一定情況下，公眾的看法值得注意。當大家自發地形成某種一致的看法時，用的是直覺，直覺是天才的特性。在一百起案件中，有九九起我都會跟著大眾的思路往下走。但前提是，公眾的觀點沒有受到任何人指使。」

「此案中，公眾的觀點有些偏激。第三則消息中說有少女在塞納河上被強暴的慘劇，大家的觀點會受到此案的影響。瑪麗這個美貌的姑娘浮屍於塞納河當然會引起巴黎大眾的震驚，而且屍體上還有累累傷痕。兩起案件時間上的相近會直接誤導大眾的判斷。」

「但事實上，把一件暴行當做另一件幾乎同時發生的罪案的證據，能證明的不過是這次發生的跟上次有所不同。一夥流氓的惡行在幾乎同一時間、同一地點，用同樣的手段和器具重複一次，這簡直是奇跡。而大眾卻受到這種情況的暗示，讓我們相信，這就是令人震驚的巧合！現在我們要先研究一下圓木門密林中的『兇殺現場』。」

「那密林雖然樹木茂盛，但距離公路不遠。密林裡有石椅，在上面發現了白裙子和絲巾，還有陽傘、一副手套和一條手帕，手帕上繡著「瑪麗·羅傑」。周圍的矮木叢枝條上掛著一條布條，地面有踩踏痕跡，灌木的樹枝有折斷，各種跡象都表明這裡發生過搏鬥。」

「儘管新聞界和公眾都認爲這一重大發現足以證明此處就是兇殺現場，但是我們卻極有理由表示懷疑。如果事實如《商報》所說，真正的兇殺現場在德羅姆街一帶，那麼如果罪犯仍在巴黎，自然會因爲害怕大眾關注正確的方向而膽戰心驚，按照一般思路，他會轉移大家的視線。因此，密林既然已經受到公眾懷疑，那麼兇手自然會把瑪麗的衣物放到那，轉移眾人視線。」

「《太陽報》認爲，那些物證已經放了很長時間，但是沒有足夠證據證明這點。很多間接證據表明，從瑪麗失蹤的周日到小男孩發現這些物品，中間隔了二十天。」

「這麼長時間居然都沒有人發現它們？小男孩說，那些物品都發黴了，有的上面還長了草。這些顯然是小男孩後來的回憶。因爲他們是把這些物品拿回家後才告訴別人的。應該注意到，案發於夏季，天氣潮濕悶熱，發黴很快，青草一天也能長出兩三寸。《太陽報》的記者反復強調發黴，難道他不知道，黴是一種真菌，在二十四小時內就能迅速成長和枯萎嗎？」

「不難看出，《太陽報》提出這種物品在密林中已經至少三四個星期的理由不成立。另外，凡是對巴黎郊區稍有瞭解的人都知道，除非是很遠的遠郊，否則要找個僻靜的地方很難。就算是熱愛大自然的人，想在圓木門一帶找人跡罕至的場所也不太容易。城裡的下流人通常在週末的時候因爲不用上班而湧向郊區，在那裡大肆酗酒、聚會、跳舞，就算是吵翻天了，也不會有人來管制他們。與其說他們渴望的是大自然，不如說渴望的是更放縱的條件。」

「在這裡，沒有人責難他們，他們可以盡情享樂。我說此話沒有添油加醋，這種情況很多人都見過。所以，我想說的是，在圓木門一帶的物品不可能至少放了三四個星期而沒有被人發現。」

「除此之外，還有一些理由讓人懷疑這個現場只是爲了轉移大眾視線。我們比較一下發現物品的日期和第五則消息的日期：剛有人寄信給《晚報》，那些物品就被發現了，讀者來信的措辭和來源都不同，但內容竟驚人的一致——把注意力引到一夥流氓身上，把犯罪現場認定爲圓木門一帶。」

「由於報紙的內容引導了公眾，那兩個小男孩後來發現了物證。我們繼續懷疑爲什麼孩子們之前沒有發現那些物品？而小男孩家就住在附近幾十米遠的地方，他們每天都在林子裡玩，爲什麼一直到三四個星期之後才發現？我強調一下，那些物品如果放在密林中，一兩天不被人發現都是怪事，何況將近一個月。所以，我認爲，這些物品是相當晚的時候才放到那裡的。」

「我還有更有力的證據證明這些東西是後放的。這些物品的擺放方式中有明顯的人爲痕跡，石椅上擺著裙子和絲巾，地上扔著陽傘、手套和手帕，手帕上還有瑪麗的名字。這樣的擺放自然是爲了製造兇殺現場。但是，這片如此狹小的林地，人們在其中激烈搏鬥後，如果東西都扔在地上，被人踩踏過，反而像真的。而裙子和絲巾擺放在石椅上，就像是衣服架，這顯然是不合理的。」

「《太陽報》說，被矮樹叢扯下來的布條是十至二十釐米長，這無意中道破天機。那些布條確實是被扯碎的，但是是人爲的，而不是被樹叢扯下來的。荊棘只能把衣服掛出三角形的口子，而不能將這種質地的衣服扯成布條。只有相反方向的兩個力同時作用，才能把衣服撕成布條。僅憑荊棘的力量，不足以把衣服撕成布條，這只能算是小疑點。還有更明顯的一點，兇手既然謹慎地將屍體拖走，爲什麼還粗心地留下這麼多證據？」

「我不想否認密林是兇殺現場的說法，這個密林可能發生過犯罪，或者，犯罪也有可能發生在德魯克太太的酒館裡。我現在要找的不是現場，而是兇手。我的推論就是想證明《太陽報》的結論是武斷的。還有，就是你可以順著一條自然的思路去考慮，進一步懷疑：這起兇殺是不是一群流氓幹的？」

「我們再來說法醫的驗屍報告。巴黎所有著名的解剖學者都在嘲笑法醫驗屍報告中關於流氓數目的結論。不是因爲不可作如此結論，而是因爲這樣的結論毫無依據。如果說這個結論沒有依據，那麼，就沒有充分理由作其他推論了嗎？」

「現在想想，報紙中說矮樹枝條被折斷『肯定是搏鬥導致』，這種混亂的場面表明什麼？是一群流氓？但事實上也表明沒有一群流氓。如果一方是柔弱的女孩，一方是力量對比懸殊的一群流氓，那麼怎麼可能發生如此激烈的搏鬥，又如何能把現場弄得一塌糊塗？只要兩個流氓抓住女孩的胳膊，她就不能再動彈了。我不是想否定密林作爲兇殺現場的可能，我是想否定團夥作案的可能。如果兇手只有一個人，那麼這些激烈搏鬥的痕跡倒可以解釋。」

「我剛才已經提到了現場物品的可疑之處。罪犯那麼愚蠢，留著這些證據讓人們發現，這本身就值得懷疑。同時，罪犯不可能是『偶然』將物證留在現場的。罪犯想到了轉移屍體，屍體腐爛之後，證據就會消失。但罪犯卻把比確認屍體更能說明問題的物證留在現場——死者的手帕。如果說這是偶然，那麼罪犯肯定不是團夥作案。」

「這種偶然只能發生在一個人身上：某人殺了瑪麗，林子裡只有他和屍體，這讓他膽戰心驚，他恢復理智之後，開始感到恐懼，因此自亂陣腳。罪犯單獨守著屍體，不知所措。他把屍體背到河邊，卻沒有能力把所有物證都一下子弄走。他心裡的恐懼不斷擴大，總覺得有人在盯著他，他不想再回到現場處理那些惱人的物品了，他只想逃走，生怕自己會遭到不測。」

「如果兇手是一群流氓，他們人多勢眾，膽大包天，就不會像單個作案者那樣嚇得魂不守舍。如果兩三個人還有可能發生疏忽，但四個人就不可能疏忽了。他們不會把任何證據留下，因爲他們足以一次性處理完所有的證據。從屍體的外衣上看，外衣有個三十多釐米的口子，從臀部到腰間，在腰上繞了三圈，然後在背後打結扣住，這明顯是爲了弄個提手拎屍體。如果是團夥作案，他們完全可以抓起四肢，沒有必要打結，因此，這件事顯然是一個人做的。」

「還有那段被弄到的籬笆和重物拖過的痕跡，如果兇手是一群人，他們可以毫不費力地把屍體抬過去，爲什麼要留下拖痕呢？」

「我們來回顧《商報》的內容，它說：兇手將姑娘的裙子撕下了七十釐米長，三十釐米寬的一條，綁到下巴底下，繞到腦後，這樣做可能是爲了防止她呼救。由此可推測，兇手沒有帶手帕。」

「我已經說過，下流地痞也會隨身帶手帕，更何況林子裡還有瑪麗的手帕。因此，兇手使用布條而不是手帕，說明他的目的不是爲了防止喊叫。警方的證詞中說，布條是鬆鬆地綁在她的脖子上，打著死結。這句話雖然不清晰，但是和《商報》的觀點卻有所出入。布條雖然是麻紗質地，但是搓成一條，也可以成爲結實的帶子。發現屍體時，布條確實被搓成這樣一根帶子。我的推論是：」

「單獨作案的兇手把帶子繫在死者腰上，提著屍體走了一段之後發現很費力——這時候他已經走了一段距離，也許是從密林到河邊的路上，也許是從別處。他覺得這樣太重，於是改提爲拖。如果拖著屍體，就最好找個繩子綁住屍體。但是，從腰上解開打死結的繩子並不容易，所以他又從姑娘的衣服上撕了一條布條綁到脖子上，防止屍體滑落，這樣一路拖到河邊。兇手用這個不太合適的布條是因爲此時已經沒有手帕了。換句話說，他此時處在密林和塞納河之間的路上（如果密林真的是現場）。」

「德魯克太太的證詞說，這群流氓大吃大喝後離開，都沒有付錢就順著那青年男女走的路走了，到天快黑時才匆匆過河離開。這時候，德魯克太太認爲的『匆匆』不過是因爲她痛惜那些被流氓白白吃掉的食物。而她既然說天快黑了，又何必強調匆匆呢？我說『暮色將至』是指夜晚還未到，而正因如此，德魯克太太才能看見流氓的行色匆匆。」

「但據說，德魯克太太和她的大女兒聽見女人尖叫的時候，天剛剛黑下來，也就是說天已經黑了。由此可見，德魯克太太聽見的尖叫聲是在這夥流氓離開這一帶之後。儘管很多證詞都能證明我說的觀點，但是沒有一家報紙，沒有一個員警注意到這些情況。」

「最後，我還有一個證據證明兇手不是一夥流氓。這個證據在我看來最有力。警方公佈了檢舉者重賞，自首者特赦的政策，如果這樁案子的兇手是下流地痞團夥，那麼就會有人出來出賣自己的同夥。他們中的任何一個人都有可能爲了防止被其他人出賣而先下手。但直到現在都沒有人站出來洩密，這足以證明它確實是個秘密。也就是說，這個世界上只有一個或者兩個人知道兇殺案的事實，別人都無從知曉。」

05

「我們總結一下上述複雜的分析過程，結論是凶案現場有兩種可能：一種是在德魯克太太的酒館；另一種是圓木門荒郊附近的密林。」

「兇手是死者的情人，至少是一個與死者暗中有曖昧關係的人。此人皮膚黝黑，已經黑到能夠讓船夫和德魯克太太過目不忘。死者背後和帽帶的扣結都是「水手結」，說明兇手可能是一個海員。死者是容貌出眾的女子，但爲人並不輕浮，因此，這位海員能和死者成爲朋友，說明他不是一名普通的水手，各家報紙的讀者來信也說明了這點。但《信使報》中有關死者第一次私奔的消息，很容易讓人們認為這個海員就是當初引誘這位不幸的美女的『海軍軍官』。而這一點會令人產生聯想：他已經好長時間不露面了。」

「為什麼他不露面了呢？也被流氓團夥殺害？如果是這樣，那現場為什麼只有女孩的痕跡，如果發生兩起兇殺，一定會留下蛛絲馬跡，他的屍體呢？」

「在絕大多數情況下，兇手會用同樣的手段對待同案中的兩具屍體，但有人會猜測，可能他還活著，只是怕受到人們猜疑而不敢露面。這也屬正常，確實有人看到他和瑪麗在一起。不過這不能說明他殺害了瑪麗。一個無辜的人，首先想到的應該是跟警方說清真相，然後協助警方緝拿兇手。既然有人看見他和瑪麗在一起，並且乘船過河，傻瓜都知道，只有檢舉兇手才能洗脫自己的罪名。而在初始的那個周日晚上，他不可能證明自己的清白，又對兇殺案一無所知。如果他仍然活著，只有一種情況讓他不去報案。」

「我們用具體方法來探明真相。現在我們要先查查第一次私奔的細節，調查這位海軍軍官的全部歷史和目前的狀況，以及案發時他在哪裡。我們再仔細比較每一封寄給《晚報》說明兇手是流氓團夥的來信，按照文風和筆體同那些打算誣陷滿納斯的揭發信比較。」

「之後，再將這些信和那位海軍軍官的信件風格進行比較，還要盤問德魯克太太和她的兒子，以及船夫。弄清楚那個皮膚黝黑的人的長相和舉止。只要注意技巧，一定能問到有用的東西。然後去調查發現船的船夫，他肯定能把它認出來。最重要的是，船舶辦事處沒有張貼佈告，就有人來認領船隻，而且船是被人悄無聲息地取走的，連船舵都沒要。除非這個人和航運或者海軍有關，知道船舶的一切動態。」

「至於單個作案的兇手把屍體拖到岸邊，我剛才說他很可能有一條船，現在我認為瑪麗是被從船上扔下去的。兇手不會把她扔在淺水一走了之，死者背部的傷痕應該是船底擦傷的。屍體未繫重物也能證明此點，如果兇手在岸邊棄屍，自然會繫重物，而如果是在船上，他可能忽略了這點，等到了水中央時才發現屍體沒有繫重物，但他不願冒著被發現的風險去岸邊尋找重物，於是就把屍體投入水中。」

「兇手拋屍後就匆匆回到了巴黎僻靜的碼頭上岸，沒有繫住小船可能是他太著急，來不及。也可能是，他覺得把船留在碼頭會增加對自己不利的證據，他要逃離碼頭，同時也要小船離開，於是就讓它遠遠地漂走，但第二天早晨，他發現小船已經被人拾走，而且被拖到了一個他每天都要去的地方——很可能是工作需要。於是，他就把小船偷走，但沒有膽量找回它的船舵。現在只要找到這條無舵的小船，我們就能看到勝利的曙光了。這條小船會帶領我們走向殺人兇手，證據一環套一環地呈現出來，兇手也將現形。」

我聽到這些後不禁拍案叫絕，催促迪潘馬上行動。迪潘卻笑著說：「下面的事情，要交給我們尊敬的警察局局長了。」

這時，局長剛好來訪，我就迫不及待地讓他展開調查。他雖然半信半疑，但還是勉強按照「船、駕駛者、海軍軍官，以及軍官那天的行爲」這個思路查下去，過程繁複，無須贅述，結果與迪潘的推斷分毫不差。兇手就是那名海軍軍官，迪潘也因此得到了警察局局長那筆不菲的酬金。

從此，我不再相信什麼超自然力量，我把一切都說成是巧合，我講的故事也能證明此話。我使用偶然性規律推斷事實，如果只重視表面證據，就有可能不得要領，如果過分注重細節，又有可能會推出連串的錯誤。

被竊的信

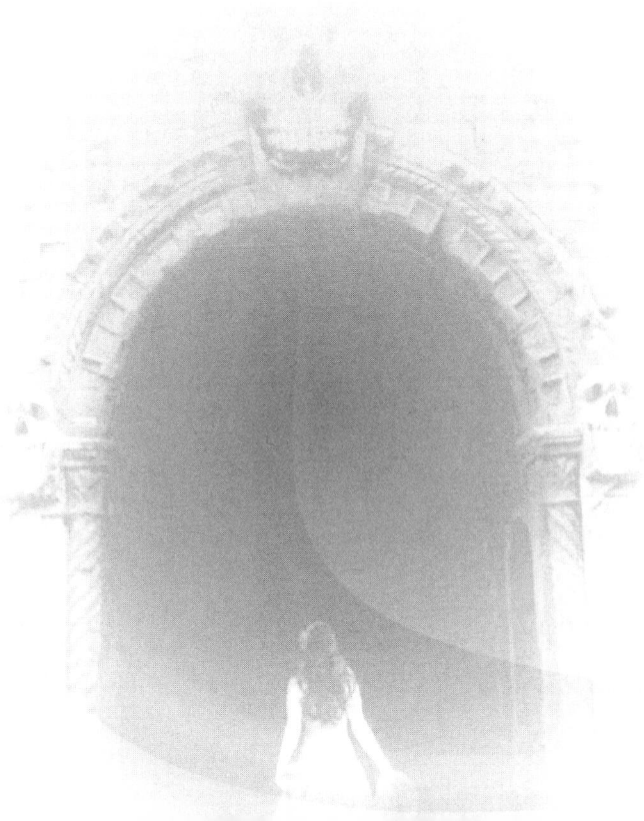

「在我和迪潘還沉浸在瑪麗．羅傑謀殺案當中時，

巴黎警察局局長G先生找上了我們，

希望我們幫他找一封信。

我和迪潘對此感到非常好笑，

不知道為什麼一封信值得G先生這樣勞師動眾。」

一個秋風蕭瑟的傍晚，巴黎剛被暮色籠罩，我和朋友奧古斯特・迪潘正坐在聖日爾曼舊郊區登諾街三三號四樓——他的圖書室裡，一邊沉思，一邊吸著海泡石煙斗。將近一個小時，我和他都沒有說話，因爲我們的思緒還沉浸在黃昏時我們討論的那個話題中，我指的是瑪麗・羅傑謀殺案中的一些難解的謎。

因此，當圖書室的門被推開，走進來我們的老相識——巴黎警察局局長G先生時，我覺得這是一種巧合。G先生談吐有趣，這也是我們對他的到來表示熱烈歡迎的原因。他談吐的本領，差不多可以抵過他爲人可鄙的一半，讓他不至於那麼討人厭。而且我們已經有幾年沒見過面了。

G先生進來前，我和迪潘一直坐在黑暗的房間裡。當G先生進來後，迪潘站起來，打算去點燈。這時，G先生說他之所以來拜訪，是因爲想向迪潘請教一些很麻煩的公事。聽到這，迪潘又坐下了，沒去點燈。他說：「這種話題我們在黑暗中思考，效果會更好。」

「這又是你的怪主意。」G先生說。他習慣於把超過他理解能力以外的一切事情都叫做「怪」，因此，他幾乎每天都在過著很怪的日子。

子。

「完全正確。」迪潘說，他遞給G先生一隻煙斗，又給他推過去一把舒服的椅子。

我問道：「是什麼難題呢？不會又是什麼謀殺案吧？」

G先生搖頭說：「哦，不是的，完全和謀殺案沒關係。事實上，這個案子再簡單不過了，我們自己也處理得差不多了。可是，我覺得迪潘也許願意聽一聽其中的一些詳情，因爲這件事確實怪得出奇。」

「又簡單又古怪。」迪潘說。

「嗯，這件事真是非常簡單，可我們現在完全沒有對付的辦法。」

迪潘聳肩說道：「也許正是因爲案情簡單，你們才會不知所措。」

「你完全是在說廢話！」警察局局長笑道。

「也許謎底有點過分明顯，過於不言自明吧。」

「哎呀，老天爺！誰聽過這種話呢？」警察局局長說。

「哈！哈！哈！……」局長說著大笑起來，他覺得太有趣了，「迪潘，你把我笑死了！」

「這究竟是一件什麼樣的案子呢？」我問道。

「我這就告訴你。」警察局局長回答道，他在那張椅子上坐了下來，「我可以用幾句話告訴你，不過，在未說出來之前，我要先提醒你們，這個案子要求絕對保密，萬一讓人知道我向誰透露了消息，我局長的位置十之八九會丟掉。」

「說吧。」我說。

「你也可以選擇不說。」迪潘說。

「是這樣的，這個情報是一位地位很高的人親自通知我的，有人從皇宮裡偷走了一份極重要的文件。也知道偷檔案的那個人是誰，因爲有人看見他拿走了。而且，也知道這份檔案仍然在他手中。」警察局局長說。

「這些情況是怎麼知道的？」迪潘問道。

「這是很明顯的，」警察局局長回答道，「這份檔案的性質比較特殊，一旦從偷走的人手裡傳出去，馬上會引起很不好的後果。也就是說，這個偷走檔案的人，想利用這份檔案策劃一些事情。但是目前爲止，他還沒有太大的動作。」

「請你說得再清楚一點。」我說。

「這份檔案會使拿到它的人得到一種在一定場合下極有價值的權柄。」這位警察局局長很愛好外交辭令。

「我還是不明白。」迪潘說。

「不明白嗎?好吧，如果檔案被透露出去，那就會使人們對一個地位極高的人的名譽產生懷疑，其生活和前途都會因此產生變化。」

見迪潘還是一副不明白的樣子，局長最終忍不住了：「這個賊正是D部長，他什麼都敢做，偷盜技巧幾乎不亞於他的膽大妄爲。我剛才所說的這份文件，確切地說，是一封信。它是失主單獨待在皇宮內院時收到的。當時她正在仔細地看信，可是突然被人打斷了，另外一位大人物進來了，她特別不願意讓他看見那封信。當時她正打算把信塞到抽屜裡，可是又怕引起誤會，只好把那封信照原樣敞開著放在桌子上。儘管這樣，信封上面的位址、內容並沒有暴露，這封信也沒有引起那位大人物的注意。」

「正在這時候，D部長進來了，他那銳利的眼睛馬上看見了信，並認出了信封上的筆跡，他揣測到收信人的秘密。他辦了幾件公事，像平常那樣匆匆處理完畢，然後，他拿出一封信，跟丟失的那封信差不多。D部長把信拆開來，假裝在看信，接著又把這封信放在靠近另外那封信的位置，又談起公事，大約談了十五分鐘。

最後，他告辭了，可是他掩人耳目地把桌子上的信掉包了，帶走了那封他無權佔有的信。這封信合法的主人看見了，可是，當著那第三者的面，她不敢做出其他舉動，只能裝作一切正常。」

迪潘說：「這就對了，盜信人和失信人都心知肚明這到底是怎麼回事。」

警察局局長回答道：「是的，D部長為了政治上的目的，前幾個月把佔有這封信的優勢運用到了十分危險的程度。這位失主越來越感到有必要把屬於她的信收回。可是，這不是她能夠公開去做的事。最後，她實在被逼得沒辦法了，就把這件事委託給我了。」

「因為沒有比你更精明、更能幹的人了。」迪潘說。

「你過獎了。」警察局局長回答。

「很顯然，」我說，「信仍然在這位部長手裡，信是他能威脅她的原因，但他也不敢輕易使用這封信，因為一經運用，他就會喪失很多威脅她的機會。」

「的確，」局長說，「我首先考慮要徹底搜查這位部長的旅館。在這一點上，使我爲難的是，要做到天衣無縫，不能讓他知道我們在搜查他。因爲一旦讓他知道我們的企圖，就很可能會產生危險的後果。」

「可是，」我說，「這一類的調查，你不是十分在行嗎？」

「哦，是的。正因爲有這個能力，我不至於失去信心。這位部長的習慣對我而言是個十分有利的條件：他常常整夜不在家，僕人也不多。我有鑰匙，你也知道，巴黎的任何一間房、任何一個櫃子，我都能打開。」

「一連三個月，我沒有錯過任何搜查這家旅館的機會。每一夜都親自參加大部分搜查工作，因爲我的名譽要緊。再告訴你一件十分機密的事，酬金的數目極大，所以我一直沒有放棄搜查。不過，最後我不得不佩服這個賊，他比我更加精明。在我以爲凡是有可能隱藏這封信的角落，我都檢查過了，但一無所獲。」

「他會不會把信藏在別的地方了呢？」我提了個疑問。

「這個可能性不大，」迪潘說，「他必須讓信在他的可視範圍內，以備隨時可以派上用場，這是由皇家大事的特殊性決定的。」

「他需要隨時拿出檔案來嗎？」我問。

「也就是說，隨時把它銷毀。」迪潘補充。

「確實是這樣，」我說，「那麼這封信明明就是在他房子裡。至於這位部長隨身帶著這封信的問題，我們完全可以不必去考慮。」

「完全不必，」警察局局長說，「他曾經有兩次被洗劫，彷彿遇上了攔路的強盜，他本人是在我親自監督下經過嚴格搜查的。」

「你完全可以不親自動手，」迪潘說道，「這位D部長，我敢說，並不完全是個笨蛋，如果他不笨，那麼，他一定會預料到這類攔路洗劫的事爲什麼會發生在他身上。」

「不完全是個笨蛋，」警察局局長說，「可是他是一位詩人，我認爲這跟笨蛋沒有太大差別。」

「確實是這樣，」迪潘說，然後又深深地吸了一口煙，「不過我本人也問心有愧，寫過幾首打油詩。」

「可不可以詳細談談你搜查的具體細節呢？」我說。

「嗯，實際上，我們是慢慢進行的。我仔細搜查了整幢大樓的每一個房間。首先，我們檢查了每一套房間的傢俱，打開了每一個可能存在的抽屜，當然，如果有那種秘密的抽屜，肯定瞞不過我們。接著，我們檢查了椅子。對於軟墊，我們用細長針來刺探。對於桌子，我們把桌面拆下來了。」

「爲什麼？」

「有時候，人們爲了藏東西，會把桌子，或者其他形狀相仿的傢俱的面板拆下來；他們會把傢俱的腿挖空，把東西放在桌腿空洞裡，然後再安裝好面板。對於床架的柱子，也可以按同樣方式利用柱腳和柱頂。」

「不能利用聲音來查出空洞嗎？」我問道。

「這個方法不奏效，把東西放進去的時候，可以在它四周墊上一層厚厚的棉花。再則，我們這個案子要求在動手的時候沒有聲音。」

「可是你不能都拆開——你不能拆散屋裡所有可能存放東西的傢俱吧。一封信可以縮成一個小紙捲，或者捲成一根粗的織絨線針的形狀大小，這樣它就可以被塞到譬如椅子的橫檔裡。你們不會把所有的椅子都拆散來檢查吧？」

「當然沒有，可是我們做得更出色——我們用高倍顯微鏡檢查了旅館裡每一把椅子的橫檔，每個地方有什麼新近動過的痕跡，我們都能通過顯微鏡立刻檢查出來。」

「你檢查了房子周圍的地面了嗎？」

「所有的地面都鋪了磚，所以不是很麻煩。我們只檢查磚塊之間的青苔就行，發現都沒有動過。」

「你們當然查閱了D部長的檔案，也查過了他藏書室裡的書了嗎？」

「當然，我們打開了每一個包裹、每一本書，甚至每頁都翻過。我們還測量了每本書封面的厚度，計算得極爲準確，對每一本都用顯微鏡百般挑剔地檢查過。」

「你們查過地毯下的地板嗎？」

「我們掀開了每一塊地毯，用顯微鏡檢查了木板。」

「還有牆紙呢？」

「查過了。」

「你檢查地下室了嗎？」

「我們查過了。」

「那麼，」我說，「你始終都估計錯了，那封信並沒有像你想像的那樣放在這幢房子裡。」

「我就怕被你說對了，」警察局局長說道，「那麼，迪潘，照你的意見，我應當怎麼辦？」

「徹底地搜查那幢房子。」

「那是絕對不需要的，」警察局局長回答道，「對那棟旅館，我比我的呼吸還有把握，信不在旅館裡。」

「我提不出更好的意見了，」迪潘說，「當然，你大概知道那封信的特點吧？」

「噢，當然。」說到這裡，警察局局長拿出一個記事本，向我們唸了那封被盜竊的信的詳細描述。唸完後，他便起身告辭了，精神比來時更加委靡不振，我從來沒見到他有過這樣沮喪的時候。

大約一個月之後，他又來拜訪我們，並且發現我們還是差不多像前一次那樣等待著。他拿起一隻煙斗，搬了一把椅子，談起一些尋常的話題。最後我問：「哦，G先生，那封失竊的信有什麼進展嗎？」

「真見鬼，後來，我依照迪潘建議的那樣，又檢查了一遍，不過還是白費力氣。」

「酬金是多少？」迪潘問。

「噢，數目很大，我不必說究竟有多少，但是誰要能替我找到那封信，我情願開一張五萬法郎的私人支票給他。因爲，新近酬金又加了一倍，可是，我還是找不到那封信。」

「噢，是這樣。」迪潘用他的海泡石煙斗深深吸了一口煙，然後慢吞吞地說：「我覺得你在這件事情上沒有全力以赴。你也許還可以再盡一點力。」

「怎麼盡力？在哪一方面？」

「嗯，在這個問題上，你可以聘請顧問，嗯？你記得他們跟你講的阿伯爾納采的事嗎？」

「不記得了，該死的阿伯爾納采！」

「確實！他該死，而且罪有應得。不過從前，有這麼一個闊氣的守財奴，他想出了一條計策，要記得這位阿伯爾納采說出他對一個醫學問題的意見。爲了達到這個目的，他假裝在私底下把他的病情暗示給這位醫生。」

「我們可以假定，那位守財奴說，他的病徵是如此這般，然後就請教這個醫生的指導意見。」

「可是，」警察局局長神色有點不安，「我完全願意徵求意見，而且我真的願意付給任何人五萬法郎，如果他能在這個問題上幫助我。」

「照這樣看，」迪潘一邊說，一邊打開抽屜，拿出一個支票本，「你可以照這個數目給我開一張支票，等你在支票上簽了字，我就把這封信交給你。」

我大吃一驚，警察局局長也完全像遇到了晴天霹靂一樣，有好幾分鐘，他張著嘴，一動也不動地盯著迪潘，眼珠子好像要從眼眶裡掉出來了。後來，他恢復了些常態，抓起筆，又停了幾次，終於開出一張五萬法郎的支票，遞給了迪潘。

迪潘把支票仔細檢查了一遍，把它放在他的皮夾子裡。然後，他用鑰匙打開他那張有分類格子的寫字臺，從格子裡拿出一封信，把它交給了警察局局長。

局長抓住信，歡喜到了極點，用顫抖的手打開信，迅速地把信的內容瀏覽了一遍。然後，慌慌張張地起來掙扎著走到門口，終於顧不得禮貌衝出了這幢房子。自從迪潘要他開支票時起，他一句話都沒有說過。他走之後，迪潘向我作了一番解釋。

「巴黎的員警，」他說，「按他們辦事的方式來說，都是極其能幹的。他們堅持不懈，足智多謀，很狡猾，在業務上必須掌握的事情，他們無一不精通。所以，那天G先生向我們講述他在搜查旅館的事情時，我完全相信他。」

「他所採取的措施做得很完美，如果這封信曾經放在他們搜查的範圍之內，他們會毫無問題地找到這封信。」

「不過，這項行動的缺點在於，它對這個案子和這個人並不適用。這位警察局局長腦筋靈活，但是在處理案件時，總是會犯鑽得太深或者看得太淺的毛病。」

「揣摩對手時，要具備完全設身處地地體察對手的能力。」我接著說。

「從實用價值來看，這是關鍵，」迪潘回答道，「警察局局長和他那一幫人之所以經常失策，是因為他們根本沒有估計他們所要對付的人的智力。他們只考慮自己的主意有多巧妙，在搜查任何藏起來的東西的時候，只站在自己的角度想會以什麼方式來隱藏東西。」

「例如，在D部長這樁案子裡，警察局局長把他在長期例行公事中養成的那種或者那套習以爲常的搜查原則變本加厲地運用起來。我們知道，普通人藏信，有把椅子腿鑽個洞，或者至少也總要放在什麼偏僻的小洞或者角落裡的可能。但D部長是普通人嗎？局長之所以失敗，是因爲他推測這位部長是個笨蛋，他覺得會寫詩的人都是笨蛋。」

「可是D部長真的是一位詩人嗎？」我問道，「據我所知，他們家一共是兩個兄弟，兩個人在文才上都頗有名氣。我知道這位部長在微積分方面有學術論著，他是一位數學家，而不是詩人。」

「你錯了，我很瞭解他，他是兼而有之。作爲詩人兼數學家，他是善於推理的，警察局局長沒有考慮到這點。」

迪潘繼續說：「我知道他既是數學家又是詩人，我的計畫是按他的智慧來編排的，而且考慮到了他所處的環境。我知道他善於在宮廷裡獻媚，同時又是一個大膽的陰謀家。這樣的人十分瞭解普通員警的行動方式，所以，他早就明白他爲什麼會遭到攔路搶劫。」

「我又想，他必定也早就預料到他的住處要受到秘密搜查。他經常不在家裡過夜，就是一個詭計，故意讓員警有機會進屋搜查，以便早一點使他們深信那封信並沒有放在房子裡，而且他也達到了這個目的。」

「在警察局局長第一次訪問我們的時候，我跟他說，這樁奇案之所以使他十分爲難，可能正是因爲案情過於不言自明，你也許還記得他當時是怎麼狂笑的吧。」

「對，」我說，「他笑的樣子，我記得很清楚。」

「但是，我越是想到D部長敢作敢爲、當機立斷的智謀，想到他如果打算把這份檔案放到最合適的時候用，我就猜測這份文件一定是放在他手邊的。而警察局局長又有明確的證據證明這封信並沒有藏在搜查範圍之內。我想，爲了藏住這封信，這位部長必定經過深思熟慮，採取了極其高明的手段，索性不把信藏起來。」

「我拿定了主意，於是配備了一副綠眼鏡，在一個天氣很好的早晨，假裝很偶然地到D部長的旅館去拜訪他。我發現D部長正好在家，他正在打哈欠，懶洋洋地躺在椅子上享受美好的清晨。而且他跟平常一樣，裝出一副無聊至極的樣子。」

「為了對付他這一套，我說我的視力不好，並且為不得不戴眼鏡而感歎一番，裝作只顧和他談天說地，卻在眼鏡的掩飾下小心謹慎地把房間詳細察看了一遍。」

「我特別觀察了一下靠近他的那張大寫字臺。那上面雜亂無章地放著一些信和其他的文件，還有一兩件樂器和幾本書。我看不出有什麼可以引起懷疑的東西。」

「最後，我走到一個卡片架邊。那個架子是用金銀絲和硬紙板做成的，好看但顯得不值錢。架子上拴著一根骯髒的藍帶子，吊在壁爐架下方一個小銅疙瘩上晃來晃去。這個卡片架有三四個格子，裡面放著五六張名片和一封孤零零的信。這封信又皺又髒，差不多要從當中斷成兩半了，彷彿信的主人起初就想把它完全撕碎，可是想一想又改變了主意，就此罷手。」

「信上面有一個大黑印章，非常明顯地印著D部長的姓名的首字母，從纖細的字跡可以看出這封信出自女人之手。它被漫不經心地，甚至好像很輕蔑地塞在卡片架最上一層的格子裡。」

「我一看到這封信，立即斷定這就是我要找的那封。當然，從外表來看，這跟警察局長向我們宣讀的詳細說明完全不同。照局長說的來看，那封信上有一個小紅印章，印著S家族的公爵信章。但這封信印章又大又黑，印著D部長的姓名的首字母；同時，丟失的信姓名地址開頭是某一位皇室人物，字體粗獷鮮明，而這封信是寫給部長的，字跡纖細。所以，一眼看過去，這封信和丟失的那封信只有大小一致。不過，讓我懷疑的是，這封信太骯髒了，和D部長有條不紊的習慣自相矛盾，而且它被擺放的位置是那樣使人確信，這封信對D部長來說是沒有用的，但這一切足夠讓我懷疑了。我盡可能拖延這次拜訪的時間，一邊跟這位部長極其熱烈地高談闊論，一邊將注意力集中在那封信上。經過這樣的觀察，我把信的外表，以及它放在卡片架裡的方式都牢牢地記在心裡。」

「而且，我終於發現了一個支持我觀點的細節。在仔細觀察信紙邊角的時候，我看出邊角的損傷超過了應有的程度。信紙破損的樣子，彷彿把一張硬紙先折疊一次，用資料夾壓平，然後又按原來折疊的印子，朝相反的方向重新折疊了一次。發現了這個情況就足夠了，我看得很清楚，這封信翻了個面，好像一隻把裡面翻到外面的手套，重新添上姓名地址，重新加封過。於是我向D部長說了聲『早安』，並立即告辭，可是我趁D部長不注意時故意把一隻金鼻煙壺放在了桌子上。」

「第二天早晨，我藉口拿回金鼻煙壺又去拜訪。我們又興致勃勃地接著前一天的話題談下去。可是，談著談著，我們就聽見緊挨著旅館的窗戶下面傳來一聲很響的爆炸聲，彷彿是手槍的聲音，接著是一連串可怕的尖叫聲和嚇壞了的人群喧鬧的聲音。D部長衝到一扇窗戶前，推開窗戶向外面張望。這時，我走到卡片架旁邊，拿起那封信，放在我的口袋裡，同時用一封外表一模一樣的信來掉包。那信是我在家裡先仔細地複製好的，並且仿造了D部長的姓名首字母。」

「我一拿到我要的東西立刻也跟著他走到窗口。街上的混亂是一個佩戴滑膛槍的人引起的，他在一群婦女兒童中間放了一槍。可是，員警經過查證，發現他的槍膛裡沒有實彈，就把這個傢伙當做瘋子或者醉漢放走了。他走之後，我們也從窗戶邊回來，不久，我便向他告辭了。而實際上，那個假裝瘋子的人是我出錢雇來的。」

「可是你爲什麼要掉包，有什麼樣的目的嗎？」我問道，「如果你在第一次訪問時便悄悄地拿起信來就走，那豈不更好嗎？」

「D部長是一個窮凶極惡的人，」迪潘回答說，「而且非常沉著，假使我像你說的那樣輕舉妄動，我大概永遠不會活著離開D部長的旅館了。」

亞瑟府之倒塌

「有一天，我接到亞瑟的信，
信上說他身患重病，需要我的陪伴。
我連忙趕去他的城堡，卻發現他雖然心存抑鬱，
但沒有任何身體上的問題，
而他心愛的妹妹卻病逝了……」

01

那是一個昏暗的秋日，密佈的烏雲好像要吞噬大地一般。我隻身一人騎著馬，從荒原上穿過，目之所及皆是頹敗的景象。臨近傍晚，我才遠遠地瞧見亞瑟府的影子。看著那孤零零的建築，我心中莫名地充滿了憂傷，這種感覺難受極了。往常，即便是處在冷落荒蕪的境地，或是看到淒厲險惡的景象，我也不免會生出幾分詩情，想要詠嘆一番。可如今，我心裡只有一份揮之不去的憂鬱，無以名狀。於是我再度打量這塊地方，只看見孤獨矗立的建築和四周單調的景象，光禿禿的院牆，似黑洞一樣的窗子，已經散發著腐敗氣息的灰色蘆葦和幾棵早就枯萎的樹木。見此情形，我更是愁苦不已，現實的言語都無法形容我此刻的心情，這份感覺唯有用嗜食鴉片者從那瘋狂幻覺中驟然清醒的感覺作比較才貼切。

究竟是什麼讓眼前的亞瑟府無端地勾起我心中的哀愁？想到這裡，無數念頭湧入心上，卻又無從說起。對於這無解之謎，我只好自欺欺人地歸咎於景象的感染力。其中的奧秘，恐怕再博識的智者也無法說清楚，於是我思忖著，其實眼前景色只要在佈局上稍加更改，這種悲傷的感覺就會大大減弱甚至消失。

想到此，我揮鞭疾馳，一轉眼到了山中小湖的岸邊。小湖就傍著宅第，湖面似鏡面一樣平整，沒有一絲漣漪。它映出的景象都扭曲變形，灰色的蘆葦和慘白的枯木，還有似黑洞一樣的窗子，好像組成了一個巨大的怪獸，一切是那樣陰森恐怖。我低頭瞧那湖面，不由得渾身戰慄，比起剛才的憂傷來，心裡又多了幾分恐懼。

02

這座府邸屬於我童年時的好朋友羅德寇里．亞瑟，我們已經很多年沒見面了。可不久前，我收到一封他發來的信，信的筆跡略顯潦草，看得出是倉促而爲。在這封親筆信中，他提到了自己身患重症，正備受精神錯亂的折磨，十分不安。他希望能夠見到昔日最好的朋友、唯一的知己。他懇求我能去陪他待一段日子，也許這樣做他的病情就能減輕。這真誠的請求讓我無法猶豫。於是我未做耽擱，立即出發。

雖然我應邀前往，但是仍覺得此事大有蹊蹺，多年未聯絡的他怎麼會突然提出這樣奇怪的請求。我們雖然是童年知交，可我對這個人卻並不十分瞭解。

他總是沉默寡言，對任何事情都有所保留。他彷彿蒙著一層神秘面紗，讓人無法看透。這樣的性格十分古怪，不過我倒是很清楚他並不是刻意如此，這一切源自於他的家族。聽說，他的先祖以多愁善感聞名。多少年來，他們家族的神秘色彩都通過高貴的藝術品體現。最近，他們也多次舉辦了慷慨卻不張揚的慈善活動。這個家族總是異於常人，比如對音樂，他們也只迷戀複雜多變的曲調。

他們的家族雖然顯赫，卻鮮有旁系子孫，除了偶爾的例外。這麼想來，眼前的房屋和人們熟知的亞瑟家族的性格極其相符，都透著一股神秘的氣息。不知道是房屋的特色影響了亞瑟家族的性格，還是房屋的所有人刻意將房屋修繕得如此。

正是因爲缺少旁系親屬，亞瑟家族的財產和姓氏得以世代傳承，於是人們漸漸忘記了莊園的本名。家族世襲的莊園與姓氏合二爲一，誕生了「亞瑟府」這樣模稜兩可的稱呼。在周圍鄉下人的心中，「亞瑟府」這三個字不單是羅德寇里所屬的家族，也包含了這座府邸。

03

就如上面說過的，為了逃避莫名的哀傷，我逃到了山中的湖岸邊。這樣略顯幼稚的舉動加深了早先的奇怪憂傷，甚至增添了幾分恐懼。毫無疑問，這迅速瀰漫的怪異感，只會愈發濃厚。這樣無法用科學解釋的事情只能用迷信來說明吧。

人越是胡思亂想，便越覺得事情恐怖。這看似荒謬的定律，任你安放在誰身上都很合適。也許正是這個原因，當我的視線離開水中倒影轉到府邸時，我的眼前出現了荒謬的幻象：我眼前的府邸和整片莊園就像是籠罩在灰濛濛霧氣中的幻影。那霧氣從枯木、灰牆和死水中飄散出來，與周圍的空氣完全不同，好像瘟疫一樣可怕又不可思議。真的，我提到它，是想說明這折磨人的種種思緒究竟有怎麼樣強大的威力。

我胡思亂想，最後竟然真的相信這樣的幻象，覺得我只要再靠近一步，就會被那煙霧吞噬一般。一切越發不可思議。我盡可能地揮散腦海中奇怪的念頭，仔細地端詳和審視起這座府邸來。

年代久遠，光陰使它褪去鮮亮的色彩，這成了它最主要的特徵。細小的苔蘚佈滿外牆，猶如蜘蛛網狀般蔓延於屋簷下。儘管如此破舊，卻也找不出破損特別厲害的地方。建築各部分的牆體完好，只是個別之處石頭破裂，看上去不是十分協調。

這讓我想起了古墓中的那些華麗的錦緞，多年待在密閉的環境裡，看似完整，可一旦取出來，接觸了空氣，便會很快化爲飛灰。亞瑟府除了表面上的衰頹外，整幢建築並沒有坍塌的徵兆。如果再仔細觀察，或許能找到一條細微的裂縫，從正面屋頂上開始，順著牆彎彎曲曲地延伸，直至消失在黑漆漆的湖水中。我邊留意著這一切，邊沿著短短的堤道緩慢騎馬前行。當我到達府邸門口時，一位僕從接過了韁繩，我下馬跨過哥德式的拱門進入大廳。

男僕小心翼翼地帶我穿過昏暗曲折的回廊，前往亞瑟的工作室。不知道爲什麼，我之前的那股莫名愁緒，變得更加強烈。一路的景物同我年幼時見到的一模一樣，天花板的雕刻、黑色的帷幔、烏黑的地板，以及擺設的紋章甲冑，這些普通的物件卻激起了我那麼奇特的幻想！

在樓梯上，我還遇見了他家的醫生，那位先生面露困惑並夾雜著狡黠，草草地跟我搭了句話就走了。隨後我們來到了亞瑟的房間，我發現這是個寬敞的地方，天花板很高，窗子狹長而突兀，站在烏黑的橡木地板上，仿佛很遠很遠，伸開手仍無法構到。透過格子玻璃，幾縷微弱的紅光透了進來，把眼前的物件一一映照分明。

可是遠處的角落和雕花拱頂的凹陷處，依舊是暗暗的。牆上掛著深色的帷幔，傢俱很多，卻過於破舊，看著很不舒服。散放四處的書籍和樂器也沒能為這房間增添一絲生氣。

從這房間裡，我只嗅到了悲傷和憂鬱。亞瑟此時癱坐在沙發上，見我進來，立刻站了起來，熱情歡愉地迎接我。起初我以為這只是客套之舉，因為他顯得有些熱誠過度。可是當我看到他的面容和眼神，才確信那是出於真誠。

我們坐了下來，看著一言不發的他，我心中懷著憐憫，還夾雜著幾絲恐懼。在短短的時間裡，羅德寇里・亞瑟變化極大，我費了好大的勁才能認定，眼前的人確實是我童年的玩伴。他的面部特徵一直不同尋常：天庭飽滿，眼若流星，眸清似水；輪廓漂亮而單薄的嘴唇，顏色略微暗淡；精緻的猶太人式的鼻子，搭配大得離譜的鼻孔；造型姣好的下巴，卻又不太引人注目；頭髮輕薄，略顯稀疏；膚色成不健康的灰白，令人過目難忘。由於顯著的面部特徵和一成不變的表情，即使稍有一處細微的不同，都顯得變化極大。

04

如今與亞瑟同處一室，讓我有種見到似曾相識的陌生人的錯覺。眼前的他，膚色蒼白得可怕且透著病態。但他的一雙眸子卻亮得出奇，這讓我尤爲驚愕。絲緞般柔滑輕薄的頭髮，變得毛糙紛亂。無論我怎樣努力，都無法從他這副怪異的神情中找出正常人的影子。開始時我覺得他舉止怪異，卻不明緣由，但很快就發現是他的精神極度緊張所致。

他總是力圖克服自己的習慣性痙攣，但終究是白費力氣。這讓他看上去羸弱不堪。對於這樣的情況，我早有心理準備：一來他信中有所提及；二來年少時從他的某些脾氣中就略見端倪；再者，從他身體的狀況和氣質上也能作出推斷。眼前的他，看上去反覆無常，說話時聲音有些嘶啞，像是沉浸在煙酒中多年。他的聲調也忽高忽低，一會兒全無生氣、優柔寡斷，一會兒又乾脆有力。

他就這樣談著請我來的目的，講述他是多麼誠心誠意地期盼我的到來，也相當詳盡地介紹了他的病症。他認爲他患的是家族遺傳的先天性神經上的疾病，無藥可治。其實不用他細說，我也能從他反復無常的情緒上看出來。他端坐在那裡，試圖用言語描述自己的狀態，但有些話讓我既困惑又好奇。

看來神經過敏已把他折磨得夠嗆了，他說，他只能穿訂製材料的衣服，難以忍受花的香味，即便微弱的光線也會讓他感到刺眼。除了特殊的弦樂外，其他聲音都會使他成爲驚弓之鳥，看得出恐懼和病症已經牢牢地攫住了他。

他認定他一定會這樣死去，死在可悲的蠢病上，在病魔帶來的恐懼和可怕幻覺中慢慢喪失生命和理智。此外，我還從他那斷斷續續、含糊不清的話語中，得知了他精神上的另一個怪症：他總是擺脫不了他家府邸外表及實質的特點對他心靈造成的影響。那灰牆和塔樓，還有暗沉的湖水，就像是刻在他心裡一般，沒有一刻不影響著他的精神狀態。

他的用詞太過含糊，我難以複述，唯一可以確定的是，這一影響的感染力十分巨大。一再遲疑後，他終於坦誠說，若要追溯起來，如此折磨他的憂鬱，多半來自於他對妹妹瑪德琳的擔憂。多年來，妹妹一直陪伴著他，也是他世上唯一的親人。可是如今，那位姑娘卻被重病纏身，正在死神的手中掙扎，不知何時會香消玉殞。

「她倘若去世，亞瑟家族就只剩下我這麼一個了無希望、脆弱可憐的人了。」他聲音裡透著絕望，讓我難以忘懷。他說話的當時，我看見瑪德琳小姐遠遠地從對面的房間走過，慢慢地踱步，她並沒有注意到我，但轉眼間就消失了。那一刻，我震驚於她的突然出現和消失，其中夾著些許恐懼的情緒，個中緣由卻說不清。我的目光追隨著她遠去的背影，心慌得厲害，我本能地轉眼看她哥哥亞瑟的神情，卻只看見他用蒼白又瘦骨嶙峋的雙手捂著臉，指縫間流出熱淚。

醫生們早就對瑪德琳小姐的病無能爲力了，她備受病魔的折磨，人變得瘦削冷漠。短暫頻繁發作的類癲癇症，導致她身體局部僵硬，然而瑪德琳小姐並沒有因此倒臥病榻，她一直與死神抗爭。

只是就在我去的那天傍晚，她向死神低下了高傲的頭顱，當日我那恍惚間的驚鴻一瞥成了永別。她的哥哥亞瑟於夜間轉告了我這一噩耗，他備受打擊，悽愴得無法形容。如同她哥哥一樣，我再也見不到活著的瑪德琳小姐了。接下來的幾天，我和亞瑟之間彷彿有了一種約定俗成的禁忌，我們都絕口不提瑪德琳小姐的名字。那段時間，我專心一意地陪伴我的朋友，希望能減輕他的愁苦和孤單。

我們一起畫畫、看書，有時他會即興演奏六弦琴，聽著那悅耳的聲音，我好像置身於夢中。相處得越久，我們越覺得彼此親密，我也越能感受到他心中的愁苦。但事實上，我所做的博取他開心的努力，都是枉費心機。他的心似一潭死水，永不停歇地散發著心底的哀愁，那哀愁讓他的整個世界一片灰暗。

這些我們單獨相處的時刻，將成爲我一生難忘的回憶，但是要讓我詳細地講明原因，卻不知從何說起。

05

我全然不知他究竟希望我在這些日子裡做些什麼。我複雜紊亂的心緒，讓記憶中的場景一片朦朧。他那時大段大段即興的輓歌，猶在耳畔。在眾多曲調之中，我能清晰地記得的，只有他對那首《馮・偉伯之最後的華爾滋》所做的奇異誇張的變奏。

他借著畫筆描繪心中的幻象，那一幅幅構思精巧的畫面在我眼前不斷地閃過。他的畫大多構圖簡單，但讓人目不轉睛，並從心底感到震驚。如果說誰能體會這些畫的真正意圖，那麼只有我的朋友亞瑟，至少我認爲是這樣的。他在畫布上潑灑的純然抽象的概念，讓人心生畏懼。他的畫讓人無法長時間凝視卻又印象深刻。就連福塞利那色彩強烈幻象具體的畫作，也沒能帶來如此的衝擊。

在亞瑟那些幻影般的構思中，唯有一幅畫不那麼抽象，或可訴諸文字，儘管可能描述不到位。

那是一張尺寸不大的畫，畫的是內景，無法辨別是地窖還是隧道，呈矩形無限延伸，看不見出口，也看不見任何光源。那洞穴深深地嵌在地面上，向下延伸。雪白的牆壁低矮光滑，沒有任何紋飾，也看不見剝落的痕跡。不知從何而來的強烈光線，四下翻滾，使整個畫面沐浴在不合時宜的可怕光輝中。我在上文中提到過，此時的他聽覺神經已成病態，除了某些弦樂聲外，受不了別的樂曲。

也許正因爲他只彈奏六弦琴，所以才會將樂曲演繹得如此空幻怪誕。但那些流暢激昂的即興曲並非源自於此。當亞瑟處於極端興奮的狀態下時，他會高度集中，精神狀態也變得極其穩定。那些狂想曲的調子和歌詞必定是他精神極其鎮定、精力高度集中時的產物。我能毫不費力地複述其中一首歌的歌詞，也許這些字眼經由他的吟唱，撥動了我的心弦，銘刻在我的心上。

從這些歌詞的神秘意蘊中，我想我是第一次體會並瞭解了亞瑟的心路。他完全明白他一直高高在上的理性已搖搖欲墜，朝不保夕。那首狂想曲名叫《鬼宮》，歌詞的意思大致如此：

由思想主宰一切的王國，坐落在綠意盎然的山谷之中。那裡有可愛仙女的房屋，和熠熠生輝巍峨聳立的宮殿，就連六翼天使也從未見過如此美麗的建築。金黃色的旗幟，亮眼奪目，高懸在宮殿之巔，隨風漫捲飛舞。代表思想的國王，在仙子仙樂的縈繞下，如坐雲端，威儀高大。珍貴的寶石和珍珠裝飾著華麗的殿堂，響徹殿堂的歌聲稱讚著君主的智慧，那時歲月靜好。紅牆綠瓦在光陰中漸漸斑駁，仙女的容顏也漸漸模糊。邪惡裹挾著悲傷，披起長袍侵入宮殿，佔據著這榮耀之地，昔日的皇家繁華落盡，漸漸成為傳說。一位旅人踏上征途，踏進這傳說中美好的山谷，卻只見一地皚皚白骨，慘敗的宮殿佇立在高處，森森的鬼影在牆壁上掠過。滾滾呼嘯的冥河，夾雜著群魔聲聲哀號與可怕的嘶吼。

這首曲子暗含的意味，讓我想了很多。亞瑟的觀點並不新穎，但與其他人相比又大膽得可怕。有一種觀念認爲世間萬物皆有靈，可在亞瑟看來，就連無極世界的物也有自己的靈性。對於這一點，他深信不疑。在亞瑟的想像中，祖傳的莊園裡那些石頭的排列組合、遍佈石頭上的真菌、佇立四周的枯木，甚至從未變動的佈局和湖水中的倒影都透著靈性。

他認爲，湖水和石牆千百年來散發出的氣息正在凝結，寂然無聲地潛伏在糾纏不清的可怕影響力中。幾百年來主宰著他家族的命運害他變成了眼下這副模樣。我對這樣的看法無須發表任何評論，也不會妄加評論。這段日子，我們研讀的書籍也與這種幻想不謀而合。不難想像，多年來這樣的書籍對病人精神狀態的影響。

我們一同仔細閱讀的書有：格李塞的《翠鳥與修道院》、馬基雅維利的《魔王》、斯威登堡的《天堂與地獄》、霍爾堡的《尼古拉．寇里姆的地下之旅》、羅伯特．弗拉德、讓．但達涅與德．拉．尚布林合著的《手相術》、狄克的《憂鬱之旅》、康帕內勒的《太陽城》等。

我們共同喜愛的是教士愛梅裡科．德．蓋朗尼著的《宗教法庭手冊》。其中，《龐波尼斯．梅拉》中關於古代非洲森林之身和牧羊神的章節，能讓亞瑟如癡如醉地看上好幾個小時。

不過他最愛的，還是那本珍貴的黑體四開奇書：《梅因茨教會合唱本之悼亡預日經》。那是一本早就被人遺忘的教堂手冊。這本書讓我想起他通知我噩耗的那個夜晚。他毫無預兆地通知我瑪德琳小姐去世了，又說打算將妹妹的屍體放在府邸主樓的一間地窖中十四天。而正是那本奇書中瘋狂的儀式令這位憂鬱症患者選擇了如此奇特的做法。

當然他這樣做自有其世俗的理由，我不便隨意質疑。他說他一想到死去的妹妹那非同尋常的病和醫生冒失殷切的探問，再想到要把可愛的妹妹葬進偏遠冰冷的祖墳之中，他就決定要這樣做了。

這讓我不禁想起剛到亞瑟家那天，在樓梯上看到醫生時他那陰鬱的臉色。我不願意反對他，畢竟他的做法沒有傷害到任何人，也稱不上有悖於常理。我遵從亞瑟的要求，親自幫他料理了喪禮的相關事宜，我們抬著裝有瑪德琳小姐屍體的棺槨，緩緩走向準備好的安放之處。

由於多年未曾開啓，地窖中的空氣稀薄，連火把也差點熄滅。我們誰也沒仔細看一看這地窖，只覺得它狹小黑暗，潮濕沉悶。它的上面正對著我的臥室。地窖通向外面長廊的四壁和地板，連同那扇沉重的鐵門都包裹著黃銅。

顯然，這地窖在遙遠的封建時代曾扮演著死牢的角色，近些年才漸漸改建成庫房，存放火藥或者其他易燃的物品。伴著鐵門開合傳出的刺耳嘎吱聲，我們把那令人悲傷的黑黝黝的棺槨放在可怕的地窖裡。爲了最後一次瞻仰遺容，我們緩緩地移開尚未釘上的棺蓋。

這是我第一次注意到他們兄妹二人在樣貌上是如此相似。大概亞瑟看出了我的詫異，低聲解釋了一下。我才知道，他與死者是孿生兄妹，兩人天性裡有著許多不可思議的共同之處，是彼此惺惺相惜的那種相通。出於對死者的敬畏，我們的視線並沒有在她身上逗留太久。她在最美好的年華被疾病奪去生命，屍體看上去與所有患有嚴重硬化症的人一樣。她的胸口和臉上還似乎泛著淡淡的紅暈，而嘴角卻泛起一絲詭異的笑容，格外駭人。我們重新蓋好棺蓋，釘牢釘子，心情沉痛地回到上面的房間。但那裡似乎比地窖好不了多少。

悲慟欲絕地過了幾天，亞瑟精神紊亂的病徵發生了顯著的變化。他忘了平日裡要做的事，就連行爲舉止也迥然不同。他像是要逃離什麼似的，從一間屋子晃蕩到另一間，步伐淩亂而倉促。他原本病態蒼白的臉色更加蒼白，如屍體一樣呈死灰，本來明亮的眸子，也徹底黯淡了。我再也聽不到他那喑啞的嗓音，現在的他說起話來像是受到了驚嚇一樣顫抖。有時候，我真覺得他是因爲心中藏著什麼令人壓抑的秘密，才如此不安，想要鼓足勇氣傾吐；有時候，我又覺得一切只不過是他的幻想，因爲我親眼目睹他對著空無一物的地方苦苦凝視，好像在聆聽什麼。他的表現嚇壞了我，也感染了我。我覺得他身上那股荒誕迷信的氣息，正一寸寸地潛入我的心底。

這樣的感覺在瑪德琳小姐停放在主樓地窖的第七個還是第八個深夜裡顯得尤爲深刻。時間一分一秒地過去，我在床上輾轉難眠。我拚命排解心中的緊張，努力地說服自己，如果不是因爲房間裡蠱惑人心的傢俱和破爛的黑帷幔，我不會這樣。

06

那正是暴風雨前夕，狂風吹得黑帷幔在牆上飄搖，拍打著床邊的飾物發出窸窸窣窣的聲音。可是我的努力無濟於事，我開始難以抑制地全身顫抖，一個恐怖可怕的夢魘壓了上來。

我喘息著，掙扎著，廝打著，終於掙脫了它。我趕忙起身，房間黑漆漆的，什麼也看不見，我只好仔細傾聽。當人處於黑暗中時，總是迫切地希望聽覺能幫助自己。我聽到某個低沉又模糊的聲音，它總是在暴風雨停歇時響起，沒有規律，沒有來源。強烈的恐懼感鋪天蓋地地湧來，嚇得我連忙穿起衣服，焦急地在房間裡來回踱步，想把自己從可憐的境地中解脫出來。我剛走上幾步，就聽見附近的樓梯傳來細微的腳步聲。我不由得精神緊張，豎起耳朵，生怕那是可怕的怪獸。好一會兒後，才辨別出那是亞瑟的腳步聲。

一轉眼，他來到我門前。他輕輕敲了敲房門，就提著一盞燈走了進來。昏暗的燈下，他的面色照舊一片死灰，眼睛卻是狂喜，他似乎壓抑著病態的歇斯底里，朝我走來。雖然他的樣子讓我害怕，但自從他走進這屋子，我似乎感覺安心了。

「你沒看到嗎？」他環顧四周後，突然說道。他像是爲了向我證明什麼，小心謹慎地遮好燈，快步走到一扇窗子前，霍地打開，嘴裡說著：「難道你那會兒什麼都沒看到？別著急，你馬上會看到的。」窗外，暴風雨正咆哮著。

一陣強風襲來，幾乎要把我們掀翻。雖然說有暴風雨，但那天的天空既美麗又透著恐懼。越積越厚的烏雲像山一樣聚集，低垂著，壓向高高的塔樓。透過濃密的烏雲可以看見雲層的活動，雲朵從四邊八方聚集而來，彼此衝撞，卻沒有一個能逃離中心。

天空黑得像被濃稠的墨汁潑過，沒有星星和月亮，更沒有該出現的閃電。整個亞瑟府被繚繞的霧氣遮住了模樣。而那霧氣卻讓人看得一清二楚，它帶著微弱的光亮，閃閃爍爍，好似烏雲下面和周遭的地面都忽暗忽明地閃著微弱的光。

「不，不要看，你不該看這個！」我顫抖著大聲對亞瑟說，不知從哪生出一股力氣，把他從窗邊拽到座位上。「別再看了，那不過是尋常的電光現象，要不就是山中湖面瘴氣瀰漫的緣故。你身體不好，天氣寒冷，快關上窗。這兒有部你喜歡的傳奇，我唸給你聽。我們就這麼一起度過這個可怕的夜晚吧！」我的聲音也有些激動，我拿起了那本古書，那是勞施勞式．坤甯爵士的《瘋狂的盛典》，不過這可不是亞瑟喜歡的風格，我那樣說只不過是苦中作樂的說辭。

我的朋友亞瑟十分孤高，思想空靈，而這書言語粗俗、想像力貧弱、且冗長無趣。但這是我手頭僅有的一部書，我懷著一絲僥倖，也許這樣荒唐透頂的情節能讓眼下興奮又罹患憂鬱症的亞瑟得到些許的解脫。在我所知的精神紊亂史上有類似的情況。如果能在他聽故事的時候判斷他是真的在聽還是表面在聽，我就可以慶賀自己的妙計成功了。

邊想著，我已經唸到最有名的那個段落了。它講的是故事主人公艾瑟爾雷德殫精竭慮地想和平進入隱士居所，失敗後付諸武力強行闖進去的事。關於主人公使用武力的那段情節是這樣：

「生性勇猛剛強的艾瑟爾雷德灌了幾杯酒後，借著酒勁不再與隱士多費口舌。隱士也是個固執倔強、心狠手辣的人。滴落在艾瑟爾雷德肩上的雨點，昭示著暴風雨的來臨，他立刻掄起手中的鐵錘，照著大門猛砸幾下，厚厚的門板上很快出現了一個窟窿。他將套著臂鎧的手伸了進去，使勁兒一拉，『劈啪』一聲，門被撕裂了。伴著乾燥空洞的破裂聲，木板被扯了個粉碎，那聲音在森林裡迴蕩著，讓人心發慌。」

唸完這段話，我吃驚地頓住了，因爲我彷佛聽見從府邸的某個角落傳來模糊的回聲，與文中描述的一模一樣。

雖然我很快就斷定是自己過於激動而產生了錯覺，但這樣的巧合還是吸引了我的注意。與風吹打窗子，且混著嘈雜之音仍在加劇的風暴聲相比而言，那細微模糊的聲音真的不算什麼。我很快就安下心繼續唸。

「英勇好戰的艾瑟爾雷德闖進門來，卻不見那隱士的蹤跡，不由得怒火中燒，暗暗地震驚。不過他看見一座黃金建造的宮殿，前面一條口吐火舌、通體鱗甲的巨龍正蹲守在那裡。那座豪華的宮殿，就連地板也是白銀鋪築而成的。放眼望去，牆面上掛著一個黃澄澄的黃銅盾牌，上面刻著：

唯勇士得入此門

唯屠龍取此良器

艾瑟爾雷德揮舞著鐵錘與那巨龍搏鬥，只見他一錘擊中龍頭，那龍頭隨之落地，滾到他的面前，尖叫著噴出一股毒氣。撕心裂肺的叫聲淒厲刺耳，艾瑟爾雷德不得不用雙手掩住耳朵，抵禦著聞所未聞的可怕聲音。」

唸到這裡，我聽了一會兒，心中大爲震驚。那一刻，就在我唸完的那一刻，分明從老遠的地方傳來一個微弱但刺耳的聲音，那聲音拖得很長，且聽得出那是不尋常的尖叫或摩擦聲。這難道還是巧合嗎？讀著那傳奇作家的描寫，腦海中正幻想著巨龍的尖叫聲，耳邊就立刻出現一絲不差的聲音。的確，又發生了如此湊巧的事，我心中如翻江倒海一般，但又要維持著足夠的鎮定，以免刺激到我那位神經敏感的夥伴。

儘管這短暫的幾分鐘內，亞瑟的舉止出現了奇特的變化，可是我仍不能肯定他是否也已經注意到了這些聲音。之前他緩緩地將凳子轉開，身子側對著我，面朝房門，瑟瑟發抖。他嘴裡叨唸著什麼，頭一直垂到胸口。他彷彿受了巨大的驚嚇，眼睜得大大的，整個身體也開始輕微地左右搖晃。

我能肯定他沒有睡著，迅速將一切收入眼底，繼續閱讀勞施勞忒爵士的文章。故事進展到了更怪誕的地方：

「鬥士避開了巨龍不甘的狂怒，他想起了掛在牆上的魔法黃銅盾牌。為了破除魔法，他移開橫在面前的龍屍，勇敢地邁上城堡的白銀地板，向盾牌走去。還沒等他靠近，那盾牌就掉到他的腳邊，砸得地板發出震天的聲響。」

在我念出這些音節的同時，霎時間，就像是真的有個黃銅盾牌重重地落在地板上一樣，外面清晰傳來金屬撞擊時發出的特有的空洞沉悶的聲音。我嚇得六神無主，一躍而起。亞瑟依舊有一下沒一下地搖晃著身體，我直直地衝過去，發現他正用雙眼直勾勾地盯著眼前的地板。當我的手放到他的肩上時，他開始猛烈地戰慄起來，嘴角浮現出一絲扭曲慘澹的微笑。

他結結巴巴地嘟囔著，聲音急促而低沉，好像一個人在房間自言自語。我湊了上去，仔細辨明，卻一下子理解了他話中的可怕含義。

「沒聽到？我可聽見了，早就聽見了，幾分鐘，幾小時，不，這聲音折磨了我好多天了。可是，我不敢，我不敢說。可憐可憐我吧，我真是個可憐人，我什麼都沒做。我們，我們把她活葬啦！我們把她孤零零地留在棺材裡，留在黑漆漆的地窖裡。我不是說過我感覺敏銳嗎？」

「現在我告訴你，那是她在棺材裡弄的動靜，我都聽到了，我好幾天前就聽到了。我不敢，我不敢說。可是現在，今晚……哈哈，埃德爾雷德……隱士的門破裂了，巨龍臨死前的慘叫，盾牌掉在地上……哈！哈！你不如說她出來了，那是她撕破棺材的聲音，是她推開地牢鐵門的摩擦聲，是她在黃銅廊道裡掙扎的聲音！我們，我們該往哪逃？難道她不會馬上來嗎？」

「聽，腳步聲，老天，難道不是她來責問我嗎？責問我的草率，你聽，你仔細聽。聽到那上樓的聲音了嗎？聽見她沉重可怕的心跳了嗎？瘋子！都是瘋子！」他猛地跳起來，撕心裂肺地嘶吼：「瘋子，告訴你，她就站在門外，就站在那裡！」

從他口中發出的尖叫聲，像是有種符咒的魔力。他用顫抖的手指著的那扇古舊笨重的黑檀木門，而那門竟然緩緩地裂開了一條縫隙。那是疾風刮開的，我剛想安慰自己。殊不知，那扇門外果真站著身形高挑的瑪德琳小姐。她穿著白色壽衣，上面滿是已經凝成塊的血跡污痕。她瘦削的身體上到處都是苦苦掙扎的痕跡。她就站在那裡，在門檻那裡震顫抖動著，然後前後搖晃了一陣，伴隨著低聲的呻吟便重重地朝他哥哥的身上倒了下去。

她終於成了一具真正的死屍，而在這痛苦的一擊中，亞瑟跌倒在地。

他被嚇死了，如他自己早先預料的一樣。我膽戰心驚，拼命地奔跑，我要逃出那間屋子，逃出亞瑟府。直到踏上堤道，我才稍稍安心。

正在這時，我身後的亞瑟府突然射出一束奇怪的光，仔細看才發現它來自天上那輪殘紅的滿月。月光沿著古老的亞瑟府垣壁的那條裂縫照了過來，彎彎曲曲地從屋頂向地面延伸。就在我凝視的時候，那裂縫突然裂開，愈來愈寬，伴著震天驚地的巨響，高大的亞瑟府就此崩裂爲碎片。

那幽深陰冷的山中小湖，無聲地淹沒了已成殘垣瓦礫的亞瑟府。

一 莫蕾拉 一

「我的妻子莫蕾拉認為我不愛她了，
她覺得只有她死了我才能記住她。

不久，她真的去世了，
臨死前還為我生了一個女兒。
我把女兒養大，但是一直沒有給她取名字。
隨著時間的推移，女兒長得和她的母親幾乎一模一樣！」

莫蕾拉是我的朋友，雖說我對她懷有某種深摯的情感，但那是非常奇異的。我們偶然相識。我們第一次見面時，一種以前從未有過的熊熊火焰就在我心中燃燒起來，然而這火焰卻不是愛情的火焰。我逐漸發現自己也說不清這奇異的火焰究竟意味著什麼，也沒有辦法控制這火焰的熱度，這令我痛苦不堪。然而，命運讓我們結成了夫妻。我對她的感情與愛無關，也不能用激情來形容。她與我相伴，給我一種超乎想像、夢寐以求的幸福。

莫蕾拉聰慧過人，學識淵博，這一點我感觸深刻。在許多事情上，我都順從她。但是，沒過多久我就發現，她拿給我看的一些文章非常神秘。也許是她在普雷斯堡上過學的緣故，這類文章往往會被人們視爲早期文學中的敗筆。而她卻非常喜歡這類作品，而且對它們進行了長期研究。雖然這令我不解，但我在她的影響下，也莫名其妙地對它們產生了興趣。

我想並不是理性使我變成這樣。我忘卻了自己，不明所以地成了這些哲學的信徒，這既不是因爲這些哲學本身對我發生了作用，也不是因爲我對書中的神秘色彩著了迷，原因只能說是我走火入魔了。

我一心一意地聽莫蕾拉的話，亦步亦趨地跟隨她投入那複雜詭異的研究中。每當我鑽進紙堆，並從心中生出一種被禁錮的感覺時，莫蕾拉就用她那冰冷的手握住我的手，然後從那哲學的灰燼中隨意揀出幾個古怪的文字，激起我強烈的印象。

於是我經常在她身旁，聽她爲我講解這些字的意思，直到她美妙的聲音讓我心裡發麻，進而對她那恐怖的語調膽戰心驚。因此，愉悅之情被恐懼代替，就像欣諾姆穀（以色列地名，語出《聖經》—譯者注）變成了火焚穀（《聖經》中記敘的耶路撒冷西南的一個山谷，是亞達人以兒童爲人祭火化獻給摩洛神的地方）一樣，最美好的變成了最恐怖的。

在很長一段時間中，我和莫蕾拉的話題除了這些怪玩意兒，就沒有別的了。我也就不再詳細地講述我們的研究到底是怎麼一回事了。

莫蕾拉非常具有想像力。在她看來，德國哲學家費希特的唯意志論、古希臘哲學家和數學家畢達哥拉斯提出的「一切都是數」，以及德國唯心主義哲學家謝林所鼓吹的「同一性」學說，都很有趣。我相信英國哲學家洛克先生的那種同一性構成了理智者的理智。我們之所以是我們自己，我們之所以與別人不一樣，是因爲我們都明白智慧的本質是理智，我們的良知與思想息息相關，然而我們卻是相同的。

其實我最感興趣的是那些個性化的觀點，不僅因爲那些觀點新穎，令人愉悅，更由於莫蕾拉談到這些觀點時非常熱情。

但是，終於有一天，我妻子的熱情像符咒般使我感到窒息。她那蒼白手指的觸摸，那低沉悅耳的聲音，那憂鬱的眼神，讓我再也無法忍受了。她並沒有責備我，儘管她早已知道了這一切。她似乎覺察到了我的軟弱和愚蠢，微笑著說一切都是命運。她似乎也覺察到了是什麼引起我自己也不明所以的神經過敏，但是她什麼都沒有說。

然而，她一天比一天憔悴，她臉上的紅暈日漸消失，額頭上的青筋越來越多。剛開始我非常憐憫她，後來我就感到很噁心，就像是俯視著深不見底的峽谷，令人頭昏腦漲。應該承認的是，剎那間我極其渴望莫蕾拉死掉，但是她那孱弱的靈魂眷戀著肉體，過了很久，她仍遲遲不死，我越來越生氣，直到我心中的憤怒壓過了良知。

我像魔鬼一樣，詛咒著推遲的每一天，詛咒著推遲的第一個鐘頭，詛咒著痛苦的每一刻。而她的生命還在延續，就像是黃昏的夕陽，遲遲不肯離去。

然而，在一個秋天的晚上，外面的風停了，莫蕾拉把我叫到她的床邊。窗外薄霧迷漫，一道彩虹出現在渺遠的天空。

「是時候了，」她說，「活下去，或者死掉。今天是大地之子與生命之子的日子，或者應該說是天堂之女與死亡之女的日子！」

我吻了吻她的前額，她繼續說：「我應該活下去，可是我知道我就要死了。」

「莫蕾拉！」

「只要你還愛我，我就不會死，但是活著的時候被你嫌惡的女人，只有死了以後才會得到你的尊敬。」

「莫蕾拉！」

「我再說一遍，我就要死了，而我的心裡還保留著一份愛，你曾經對我也有過這樣的愛，卻轉瞬即逝了！我死了，我們的孩子會活下去，我莫蕾拉的孩子。你的餘生將是痛苦的，這種痛苦會像柏樹的生命一樣持久。幸福不像帕埃斯圖姆的玫瑰那樣一年開兩次，你的幸福也不會有第二次了。因爲你忽視了長春花和藤蔓，你將背負著大地的死衣艱難行走。」

「莫蕾拉！」我哭嚷著，「莫蕾拉！你是怎樣知道這些的？」

但是她扭過頭去，四肢微微顫抖了幾下，便死去了。

正如莫蕾拉臨終前所說的，她死之前生下了一個女孩。這個孩子直到她母親咽了氣才開始呼吸。隨著她漸漸長大，我發現她無論是在體態上還是在智力上，都極爲奇特，也特別像她死去的母親。她是我的掌上明珠，我對她的愛超過了世上任何的愛。然而，不久後這種真誠的愛便被一層陰雲籠罩住了。

正如我剛才所說，這個孩子成長得非常奇異，她的身體發育得特別快，心智方面成長得也特別迅速。我腦中常常因此出現一些莫名其妙的想法，這令我感到非常害怕。如果不是這樣，那我怎麼每天都會覺得這個女孩的想法中有成年女子的能力？她憂鬱的眼神中怎麼常常會傳達出成熟女人的氣質？天哪，當我不得不面對現實，面對這一切迅速而顯著的變化，並感到驚恐萬分的時候，我不由自主地想起了莫蕾拉死前的那番話。我躲在家裡，觀察著與這孩子有關的一切。

茫茫人海中，我用盡生命去熱愛的竟是命運之神命令我必須去尊敬的人。

我每天都注意觀察她那聖潔、溫柔的面孔，她的成熟讓我驚詫不已。我爲每一天都能在這孩子身上發現她與莫蕾拉的新的相似之處而感到不安。她的微笑、她的眼神都那麼像她母親，這常常令我毛骨悚然。更爲驚異的是，她的眼光也同莫蕾拉一樣敏銳，能夠看透我的心理。她那高高的額頭、亮麗的秀髮、蒼白的手指和悅耳動聽的聲音，都使我極爲不安。

最可怕的是，連她說話時所用的字眼都與她母親極其相似，這對我是一種莫大的折磨。十年之間，我一直都沒給我的女兒取名字，只是親切地稱呼她「我的孩子」和「親愛的夥伴」。

自她母親死後，就沒有人再提起「莫蕾拉」這個名字，我也從沒向女兒說起過她母親的情況——絕不會講的。這些年她一直待在家裡，與社會沒有任何接觸。外面的世界對我的女兒來說非常陌生。她一直生活在自己狹隘的、與世隔絕的天地裡。但是隨著她的長大，我終於想起應該給她洗禮了。我以爲可以通過爲她舉行洗禮儀式讓自己從這被詛咒的命運裡逃脫出來。

在我家地下室舉行的洗禮儀式上，我不知道該給女兒取個什麼樣的名字。我想起很多好聽又很有特色的名字，不知爲什麼它們一起湧到了我的嘴邊，但我就是說不出口，而在一瞬間我竟然想起了我已經亡故的妻子。只有上帝知道我那時著了什麼魔，全然不知自己在幹什麼，我只低聲說出了一個名字，這個想起來就會令我血液倒流的可怕的名字，這個恐怖的名字當時一直在我腦海中徘徊著。

在這寂靜的夜晚，陰暗的聖壇邊上，我神志恍惚，不知道被什麼可怕的東西罩住了一般，向神父說出了三個字——莫蕾拉。

但更加怪異的是，我的女兒一聽到我說出的這三個字，臉頰便開始顫抖，她仰起頭癡癡地望著天花板，突然跌倒在地上，說了一聲：「唉！」

當我聽到這個簡潔明瞭的聲音時，我的大腦停止了一切活動，一片空白。我永遠都不會忘記這段記憶，絕對不會忘記！儘管我真的沒有無視長春花和藤蔓，但是擁有最長生命的柏樹卻日日夜夜地掩蓋著我。

我不知道自己在哪裡，也不在乎時間的意義，大地因爲我的命運之星的暗淡而變得黑暗了。從我身上走過的人們就像疾馳而過的影子，而在這些人當中，我只認識一個：莫蕾拉。

我只能聽見一個聲音，那就是海水在風的吹打中不斷發出的低吟聲：莫蕾拉。然而她已經死了，我親自把女兒的屍體送到墳墓裡，就在我打開墓室，把第二個莫蕾拉放進去的時候，我竟然沒有看到第一個莫蕾拉的屍體，我冷冷地狂笑不止。

莫斯克海峽浮沉記

「神秘的莫斯克海峽有一處驚險恐怖的大旋渦，

那裡是漁夫的噩夢。

然而，那裡同時也有著豐富的魚類，

所以也是漁夫的天堂。

身強力壯的漁夫兄弟自認為可以避開自然的肆虐，

所以每次都鋌而走險地到那裡捕魚。」

現在我們已經爬上了最高的懸崖頂端，老人累得好長時間都說不出話。過了好一會兒，他終於開口：

「我本來可以像我的兒子們那樣給你帶路。但是三年前，我遇見了一件誰也沒遇見的事，至少碰見這事的人都沒有活下來。我經歷的噩夢般的六個小時讓我崩潰了。你以爲我很老，其實我根本不老。不到一天的時間，我的頭髮就都白了，胳膊、腿也沒勁了，現在我稍稍一動就哆嗦，看見黑影就恐懼。現在我往下望，就會感到非常恐懼。」

他毫不在意地臥倒在一塊大石頭上，所處的位置，只有靠胳膊肘勾著光滑的岩石才不至於滾下山崖。這個地方是一塊突兀的、四周無阻攔的黑色巨岩。就連距離崖邊五米的地方，我都不敢過去，所以他所在的危險位置讓我心驚肉跳。我不禁撲倒在地，緊緊抓著身邊的灌木，連頭都不敢抬，總覺得一陣風就能把大山吹倒。我知道這種想法很愚蠢，但我卻不能不想。

過了很長時間，我才鼓起勇氣坐起來，眺望遠方。「你必須克服恐懼感，」嚮導說，「我已經把你帶到這了，你能親眼看到我所說的事情的發生地。我也可以在現場給你講這個故事。」接著，他以自己特有的方式說：「咱們現在在北緯六八度，靠近挪威海岸，位於大諾爾藍郡的洛夫頓區。我們現在坐在克勞迪山的黑耳塞根峰上，現在你把身體挺直，如果覺得頭暈，就抓住身邊的草。你往雲霧彼端看，那裡有大海。」

我眩暈地望去，那裡是一片廣闊的海，水是黑色的。這不由得讓我想起了努比亞地理學家對黑海的形容，一片汪洋，難以想像的荒涼，目光所及皆是懸崖峭壁，海上驚濤拍岸、兇險萬分。正對我們大約五六英里的海上，隱約可見一座荒涼的小島。通過包圍它的白浪花，我才確認了它的位置。島嶼和陸地之間，有一些更小的小島，它們礁石遍佈，寸草不生，全都是黑色石頭。

遠處的島嶼和海岸之間是一片汪洋，此時，勁風從海上吹來，遠處的海面上一隻雙桅帆船放下了全部船帆，在波浪中掙扎。岸邊沒有什麼潮汐，只有不定向的波濤迅速湧來，毫無規律地拍打著海岸。波濤中沒有泡沫，只有在礁石上激起的白浪。

老人又說道：「挪威人把遠些的那個島嶼叫武爾格，近些的叫莫斯克，北邊的是安巴倫，那邊的是伊芙來森島、霍伊霍爾姆島、基爾多爾姆島、蘇瓦爾文島和布克爾姆島。那邊，兀爾格島和莫斯克島之間是奧爾德霍姆島、弗裡曼格島、桑迪弗萊森島和斯卡霍爾姆島。」

「我說的這些都是小島的真名，但我不知道人們給礁石起名字的原因。你聽見什麼聲音了沒有？你發現海上的變化了嗎？」

我看見海浪澎湃向前，速度越來越快，五分鐘後，遠至武爾格島的整個海面上都掀起波浪。巨大的海浪互相撞擊，變成無數大旋渦，一瀉千里向東流去，撞擊形成的轟鳴聲震耳欲聾，咆哮聲最大的是莫斯克島一帶的海面。

幾分鐘後，海面的情況發生巨變。整個海面迅速平靜，旋渦都消失了。那些原來沒有海浪的區域出現了層層海浪，它們向遠方散去，匯合成了一個更大的旋渦。

突然間，一個明顯的直徑約有一英里的大旋渦出現了，它的外沿是浪花構成的水帶，浪花一滴也不向裡溢；裡圈是一道與海面成四十五度角的漆黑水牆。旋渦飛轉，發出可怕的咆哮聲，就像是尼亞拉加大瀑布的轟響。大山都在顫動，岩石都在發抖，我嚇得面如死灰，趕緊趴下，抓住地上的青草。

我問老人：「這就是有名的麥爾海峽大旋渦？」老人答道：「有時候就這麼叫

它，我們挪威人把從莫斯克島到這裡的這片海域叫莫斯克海峽。」

以前，我也聽到過一些關於這個大旋渦的描述，但是我絕沒有想過它會是這樣。在很多關於大旋渦的描述中，若納斯·拉米斯的描述最詳細，但即使他的描述也無法描繪出真實場景的半分雄壯。

我不知道作家是在何時何地看到這個大旋渦的，但我敢肯定，他絕對不是在大風暴期間，也絕不會是從黑耳塞根峰頂向下看。儘管如此，他的描述中還有部分可以引用：

「洛夫頓和莫斯克島之間的海峽水深六七十米，但莫斯克島和武爾格島之間的海水很淺，所以這片水成為危險航道，即使風平浪靜時，船隻也可能觸礁。大潮到來，海水倒灌進洛夫頓和莫斯克島之間的海峽。潮水退回的情景同樣雄偉，巨響震耳欲聾，聲傳千里。它形成的旋渦又大又深，船隻一旦陷入，就會被捲入海底，被礁石擊碎。直到潮水平息，船隻碎片才會被拋上海面。短暫的平靜之後，海水會重新集結，若有風暴助威，那麼即便距離此地一英里，都有危險。」

「許多船隻都曾因不小心靠近旋渦而被吞沒，也常有鯨魚因為遊得過近而被困，它奮力掙扎卻無濟於事。有一回，一頭熊從洛夫頓游向莫斯克島，途中誤入旋渦，也被捲入海底，掙扎的吼叫聲淒厲嚇人，浮上來的時候已經被礁石碰撞得面目全非。海水的運動受潮汐的影響，六小時是一個週期。」

一六四五年的某個星期天早晨，潮水來得極爲兇猛，岸邊的房子都被咆哮聲震塌了。海水的深度，我不知道作者是怎麼測量出來的，但是麥爾海峽中央的水深一定比六七十米要深得多。我站在峰頂上向下看咆哮的海水時，覺得即使最大的船進入旋渦，也立刻會像風中的羽毛一般被海水吞沒。雖然人們很難對這裡的自然現象做出解釋，但人們普遍認同《大不列顛百科全書》中的說法：

> 這裡的大旋渦和其他一些小旋渦都是因為，潮汐時海浪撞擊礁石，由於海底無法延展，使得海浪躍起得越高，海水陷入得越深，於是形成了旋渦。

這可以通過小規模實驗進一步瞭解。德國科學家基歇爾和其他科學家，則更加大膽地假設，提出麥爾海峽底下是一個深淵，直通地底，另一端可能是波的尼亞海灣。儘管這種說法沒有根據，但當我注視下方時，還是不禁想起了這種說法。嚮導告訴我，挪威人也相信這種說法，但他本人不敢苟同。

事實上，當你面對著雷鳴般轟響的深淵，你覺得什麼理論都已經不重要了。

老人說：「你已經看過這個旋渦了，現在爬到懸崖的另一面，我給你講個故事。」我照做了，他接著講道：

「以前，我和我的兩個兄弟有條載重七十噸的雙桅帆船，我們常常去莫斯克島和武爾格島之間的水域打魚。那裡海潮兇猛，但只要敢闖，都能滿載而歸。附近的漁民只有我們三兄弟敢去那裡，其他漁夫都去不太危險的地方，而我們去的那些礁石群裡，魚的數量和種類都很多，我們在以生命為代價謀取更多的收穫。

我們把漁船停在距此五英里的海岸，每逢天氣良好的時候，會有十五分鐘的平潮，我們就趁這個空檔，渡過海峽，在奧爾德霍姆島附近拋錨打魚，然後等下一個平潮再駛回來。只有來回都是橫向風，我們才敢出海，我們對風向的判斷很少失誤。六年當中，只有兩次我們無法在無風的情況下渡過海峽，而在海上過了通宵。

還有一次，我們一到漁場就刮起了大風，可怕極了，滔天的波浪把我們困在海上一個星期，差點餓死。大旋渦把我們的船旋轉起來，我們以為要被驅逐到大洋裡去了，幸好遇見了橫向風，我們才得以生還。

我們在海上遇見的危險難以形容，但是很多時候都能化險為夷，平安歸來。很多次都是我們剛回來，海潮就追上來了；還有的時候，風力不足，海流讓船變得不聽使喚。我大哥有個十八歲的兒子，我也有兩個健壯的兒子，但是我們不願讓他們上船幫忙，因為我不想讓他們冒此風險。而我要講的是近三年前的事情。

那是三年前的七月十日。這一帶的人都不會忘記那天，因為那天刮起了兇猛的颱風。那天，整個上午和下午都陽光明媚清風徐徐，所以誰都沒有預料到天氣會突變。

下午兩點，我們兄弟將船駛到群島附近，很快，船上就載滿了魚。七點的時候，我們返航，想趁八點的平潮渡過海峽。

起航時，新起的風吹著我們的右舷。有一段時間，船乘風破浪，海上沒有半點危險的跡象。忽然，一陣從黑耳塞根峰刮來的風讓我們察覺出問題，這陣風不同尋常，我們頂風前進，加上海潮的影響，船幾乎無法前行。我建議掉頭，但往船尾一看，發現後方籠罩著黃色的雲彩，它們以驚人的速度迅速上升。

這時，頂風停了，船也停了，我們隨波逐流了一小會兒，還沒來得及想對策，風暴就突然襲來。一時間，黑雲壓頂，浪花飛濺，四周一片漆黑，我們甚至都看不見彼此。這種颱風，挪威最老的水手也沒經歷過。我們在起風前收起了船帆，當第一陣風刮來，桅杆就被吹斷了。當時我弟弟正在捆綁主桅，他也跟著桅杆飛走了。

我們的船就像是水中的羽毛。甲板很平，船頭附近有一個艙房，每逢橫渡海峽時，我們都把艙口封住以防進水。這一回如果我們沒有封，船恐怕早就下沉了。好幾回，整條船都陷入波浪。我根本沒有機會去看哥哥的情況，一鬆開手裡的前帆，就撲倒在甲板上，出於本能，我雙手緊緊抓住桅杆基部的螺絲鐵環。

當我們完全被水淹沒時，我屏住氣，實在憋不住，就跪起來，雙手仍然緊抓鐵環，把頭露出水面。我努力擺脫自己的痲痹感，盡力作出判斷。

突然，我覺得有人抓住了我的胳膊，原來是哥哥。我有瞬間的高興，然後又被恐懼淹沒，他大聲喊：『莫斯克海峽！』我渾身發抖，我知道他想告訴我什麼。我們沒救了！橫渡海峽時，即使風平浪靜，我們也不敢掉以輕心，何況今天這樣的天氣。

我想，我們肯定會在平潮來時到達，但轉眼就開始罵自己蠢，卻還是儘量讓自己抱著這麼不切實際的希望。我很清楚，我們就要完了，即使巨輪也逃不過這劫難。

其實，第一輪大風暴正在進行，因為我們在風暴前面，所以沒什麼感覺。剛才向前奔湧的大海現在聳起了高山般的海浪，周圍依然漆黑，忽然頭頂上方的烏雲裂開了，露出一片圓形的晴空。這樣晴的、深藍的天，這樣明亮的滿月，我從來沒見過。

月光照亮了周圍的景象，我想跟哥哥說話，但他一個字也聽不到，他臉色慘白，做出了一個聽的動作。我開始沒明白，陡然間我的腦海中閃出了可怕的念頭，我掏出懷錶，然後淚流滿面。七點，表裡的發條走完了，我們沒有趕上平潮，莫斯克大旋渦已經開始了。

我們一直乘風破浪，但過了一會兒，巨大的海浪向我們襲來，海浪隆起，也把我們帶上了天；浪頭落下，我們又跟著滑入深谷。我頭暈目眩，反復從夢中的高山上跌下。我在浪尖時四下看了一眼，迅速找出了我們的準確位置，我們距離莫斯克旋渦還有四百米，但此時的莫斯克海峽和平常已經不一樣了。我驚恐地閉上了眼睛。

兩分鐘後，海浪突然平息，我們被泡沫包圍。船猛向左轉，尖銳的聲音蓋住了海浪的轟鳴，我們被捲入了大旋渦周圍的淺浪。我想到，我們馬上就會被拋入深淵，在飛降中，我們只能模糊地看到深淵的模樣。

船沒有沉入水中，而是從浪尖掠過，左側的巨浪把我們同水平線隔開，右側挨著大旋渦。說來奇怪，即將被大旋渦吞沒的時候，我反而鎮定了，橫下心，重新勇敢起來。我現在可能像在吹牛，但我當時真的開始想，這種死法很壯烈，上帝顯示了他的偉大力量。我開始對大旋渦本身好奇，希望自己能夠探索一番，即使葬身海底也在所不惜，唯一遺憾的是，不能將此奇景告訴岸上的人們。

我的這些念頭是人在極端環境裡的幻想，可能是由於當時船繞旋渦飛轉，我變得頭暈眼花的緣故。還有一個讓我恢復冷靜的情況就是，風刮不到我們了——因為我們所處的淺浪圈比海平面低很多，海水高高矗立在右側，就像是山脈。風和海浪的聯合給人帶來一種混亂的情緒，你什麼也看不見，什麼也聽不見，甚至喪失了全部的思考能力。

但在淺浪圈中，我們基本擺脫了這樣的環境，就像是判死刑卻未執行的犯人總是有小小放縱一番的權利一樣。我們的船飛轉了一個小時，不知道是多少圈了，漸漸轉入了淺浪圈的中部，然後又接近可怕的裡圈。我始終抓著鐵環，哥哥則在船尾抱著一個空空的大水桶，它被固定在鐵籠子底下，牢牢地卡在地上，很結實。

當船轉到深淵邊上，哥哥鬆開水桶，來抓我的鐵環，可能是太恐懼了，他竟然開始搶我的鐵環。我極為難過，雖然我知道他不過是太恐懼了。我不想和他搶，我知道，不論誰佔有它，結果都一樣。於是，我把鐵環讓給他，自己去抱水桶。船底很平，要抱住水桶並不困難，雖然船在飛轉，卻很穩。我剛抱住水桶，船就猛地向右轉，一頭栽進深淵。我知道，一切都完了。我頭暈眼花地滑向深淵，本能地抱緊水桶，閉上眼睛，過了好幾秒，心中詫異海水還沒淹沒我，我仍然活著。

墜落感消失，船好像回到了淺浪圈，但斜得更厲害，我鼓起勇氣，睜開眼睛。我永遠不會忘記，睜眼後的恐懼。船在一個巨大的漏斗裡，懸掛在漏斗內壁的中部。這個漏斗又大又深，內壁無比光滑，就像是烏檀木，正在飛速旋轉，雲縫裡的月光照在漏斗上，光芒四射，一直到深淵底部。

剛開始，我無法準確地觀察周圍的情況，只是情不自禁地覺得很壯觀。後來，我稍微冷靜了一些，自然地朝下望，這一看不要緊，我看見了小船懸掛在漏斗壁上的情景，這個漏斗大概呈四十五度，我們的船幾乎是垂直懸在漏斗上。我忽然發現，船這樣斜著，我抱著水桶與剛才船平的時候抱水桶一樣容易。我想，可能是因為船的旋轉速度太快，已經產生了離心力的原因。

月光好像一直照到了深淵的淵底，但是濃濃的水霧包圍著一切，我依然什麼都看不清楚，水霧中有一道彩虹，就像是一座晃動的七彩窄橋。

水霧應該是漏斗的內壁在深淵底部撞擊而激起的，這種撞擊發出的巨大聲音直沖雲霄，難以用語言形容。我們從上方的淺浪圈猛地滑入深淵下很深的一段，然後我們的下降就時快時慢了。這肯定不是規則的運動，我們轉來轉去，時而飛馳，時而顛簸，有時候，一降就是幾百尺，有時又圍繞著旋渦繞上一大圈子。我向下眺望，發現我們的船不是旋渦中的唯一物體，不論是上方還是下方都能看到船隻的碎片，大根的樹幹，甚至還有許多傢俱、破敗的箱子、水桶和木棍之類的小東西。我剛才已經說過，好奇感已經代替了最初的恐懼。

當我越來越接近自己的死亡時，我的好奇感被激發得越發強烈起來。我懷著一種奇怪而且難以形容的興趣，觀察這些數不清的、和我們做伴的東西。我肯定是精神錯亂了，當我看著幾樣東西被泡沫淹沒時，居然覺得很有意思，我有一回竟然說：『下一個消失的肯定是這棵杉樹。』而當我發現一條商船的殘骸搶先一步沉下去之後，我竟然覺得很失望。我這樣連猜了幾次，都沒有猜對。這樣每次都猜，每次都錯的情景讓我陷入了連串的思考。這思考讓我四肢顫抖，心臟也開始狂跳。這不是一種新的恐懼，而是突然萌生的一種激動的希望感。這種希望感大部分來自回憶，小部分來自現場的觀察。

我想，在海岸上遍佈的各種有浮力的東西都被捲入了水中，它們中的大部分都被打成了碎片，但有的物品卻沒有被打碎。然後我又清楚地思考著兩者之間的不同，我猜想，凡是被全部淹沒的東西都被打碎了，而沒碎的，都是那些在潮水的後期階段介入旋渦的物品，或者說，出於某種原因，它們進入旋渦後下降速度很慢，在漲潮變成落潮之前沒有下滑到淵底。

我忽然醒悟，這兩種情況，物品都有可能借著潮流改變時旋渦反向旋轉的力量重新轉上水面，而不至於像一開始就捲入旋渦裡的東西，或者迅速被淹沒的物品那樣遭受粉身碎骨的待遇。我還觀察到三種重要的情況：第一，總體來講，物體越大，下降越快；第二，同樣大小的兩件物體，一件球形的，一件其他形狀的，球形的物體下降速度比其他形狀的物體下降速度快；第三，兩件同樣大小的物體，一件是圓筒形的，一件是其他形狀，圓筒形的物體比非圓筒形的物體淹沒得慢。我死裡逃生以後，就這些問題向當地的一位老校長討教了很多次，我從他那學會了使用『圓筒形』和『球形』這兩個名詞。

老校長跟我解釋，我看到的現象是漂浮物形態對其浮力的影響。他告訴我為什麼圓筒形物體在旋渦中不容易被吸走，為什麼它比其他同樣大小，但形狀不同的物體更能抵抗旋渦的水流。我之所以能進行這樣的觀察和思考，是因為我注意到了一種驚人的現象。就是，我們每轉一圈，都要超過一些大桶和桅杆之類的東西，而當我開始睜開眼看它們時，它們和我們處在同一水準上，而過了一會兒之後，它們會停留在我們的上方。與最開始相比，它們似乎沒下降多少。

我想明白之後就不再猶豫，拼命頂撞我抱著的水桶，把它從船尾上弄下來。我抱著它跳入水中，並朝哥哥打手勢，指著水中那些靠近我們的大桶，盡力讓他明白我現在想做的事情。我終於讓他明白了我的意思，但是他好像還是不太確定我的判斷是否有效。反正他使勁搖頭，不肯鬆開手中的鐵環跳入水中去抱住水裡的大桶。我沒辦法強迫他，而且現在不能拖延，形勢非常緊迫。我只能忍痛放棄了他，抱著那個被我從船尾上弄下來的大桶，跳入了海水中。我之所以現在能夠親口給你講這個故事，就證明我當時對情況的判斷是正確的，我確實死裡逃生了。你已經看到了這次生死遭遇對我的情緒產生了多麼大的影響，也能預料到我接下去要講什麼，但我要把這個故事講完。

我棄船後，大約一個小時，船降到了我下方很遠的地方，它突然疾速旋轉了幾圈，帶著我親愛的哥哥，栽入了飛旋的泡沫中，再也沒有出來。我抱著水桶，下降的速度很慢，從我棄船的地方到淵底，我剛降了一半的距離。

這時候，大旋渦發生了重大的變化，漏斗形的峭壁開始變得和緩，旋渦的旋轉速度也緩慢了，不再那麼洶湧疾速，彩虹漸漸消失，旋渦底部也在慢慢上升。

天空放晴了，風停了，月光在天上海上灑下一片潔白的光輝。我睜著眼睛，發現自己浮出了海面，看到了弗洛頓海岸，看到了莫斯克海峽旋渦上的一切。現在是平潮的時候，不過由於颱風，海面依然波濤洶湧，好不喧囂。我被海浪捲入了海峽，一會兒工夫又被沖進了漁民們停船的海岸。

一條漁船將我從水中救起，我筋疲力盡，雖然危險消除了，但我對之前經歷的生死考驗說不出一句話。把我拉上船的是我的幾個老朋友，過去的日子，他們天天和我在一起，現在，他們卻幾乎認不出我來了。我烏黑的頭髮都變得雪白，他們說我的表情也發生了很大的改變。我給他們講了我的遭遇，但他們沒有一個人相信我。

我現在把這些經歷都講述給你聽，也不指望你能比勒爾夫頓的漁民們更相信我講述的是真實的經歷。」

梅岑格斯泰男爵

一個古老的預言預示：

「梅岑格斯泰家族將有一位繼承人騎著一匹駿馬結束自己的生命，與此同時他會擊敗世仇家族。

時光流轉，年輕的弗裡德利成為梅岑格斯泰家族的新主人。

他性情古怪，收養了一匹來歷不明的馬……」

梅岑格斯泰和伯裡菲茨因兩大傑出家族已經有幾百年不共戴天的仇史，他們之間的夙怨據說源於一個遙遠而模糊的預言：「一個貴冑世族將如同騎士從馬背跌落一樣就此隕落，在梅岑格斯泰註定擊敗不可一世的伯裡菲茨因之時。」

這些話本身也許並無意義，卻引起了嚴重的後果。世間不少仇恨即是如此，起因不過是一件極細小的事情。同時，這地產相鄰的兩個家族均有一定的政府勢力，免不了明爭暗鬥。伯裡菲茨因家的人可以從自家城堡裡望到梅岑格斯泰府的每扇窗戶，梅岑格斯泰家族世襲的榮華富貴讓家譜沒那麼久遠、財產沒那麼豐厚的伯裡菲茨因家的人大受刺激。

究竟是什麼讓一則無聊的預言成爲兩個家族互相仇視的起因？預言似乎暗示最終的勝利將屬於梅岑格斯泰家族，而已經衰微的伯裡菲茨因家族將更加衰敗。試問伯裡菲茨因家族的人又怎能不對梅岑格斯泰家族恨之入骨呢？

這裡所要講述的故事發生在威廉·伯裡菲茨因伯爵老邁糊塗的時候。

儘管時光銷蝕了部分仇恨，這位伯爵依然與梅岑格斯泰家族不共戴天。伯爵鍾情於騎馬打獵，年老體衰與精力不濟也無法使他捨棄這項冒險的愛好，他的對頭是梅岑格斯泰家族正當少年的弗裡德利，人稱梅氏男爵。

弗裡德利的父母在英年時相繼去世，當時，他還只有十八歲。在都市裡，十八歲算是稚嫩的年齡，但在遠離都市文明的古老封地，即這段故事發生的地方，情況就不同了。

在這裡，古老的鐘擺每擺動一下，都顯示出異乎尋常的意味。年輕的男爵在父親政壇故舊的提攜下，不久就接管了龐大的家產。自古以來，很少有匈牙利貴族能擁有這麼多的財富。男爵的城堡不計其數，而梅岑格斯泰府的富麗堂皇更是能與宮殿媲美；男爵封地又非常遼闊，城堡外廣袤的土地都是他的轄區。這位繼承人在如此年輕的時候，就擁有了一切，但沒有人想到該教他爲人處世的道理。因此，僅三天時間，這位殘暴的繼承者就讓所有擁護他的人感到失望：他行爲放蕩，無任何信義可言，對待下人更是暴虐無度。梅府那些可憐的奴僕們很快就明白了，在這樣殘暴的主人面前，只能唯命是從，否則就會遭到最殘酷的懲罰。而當伯裡菲茨因府的馬廄失火，人們首先想到放火的人就是這位殘暴的男爵。

其實這確實有點誤會了男爵，因爲伯家失火時，他正獨自在梅府頂樓大房間裡冥想。那房間裡懸掛著已經褪色的壁毯，襯托得整個房間陰森恐怖，房內似乎遊蕩著祖先們的影子，他們曾經顯赫一時，在房內則略顯模糊，但仍不失莊嚴。

一塊壁毯上織著教士與君王們，身著華貴長袍的教士們神聖而又冷漠，他們拒絕世俗國王的要求。另一塊壁毯上則織著高高在上的梅氏祖先們，他們跨著戰馬將敵人踩在腳下，威風凜凜，讓人心生敬畏。而其他的壁毯上則織著反映上流社會奢侈生活與優雅風度的圖案，這一切都讓整個房間顯得虛幻。

當伯家馬廄那邊的嘈雜聲傳到男爵耳邊時，他並沒有在意。也許當時他正想到某個故事或是一些冒險行爲，他像是受到某種感應般望著壁毯上織的一匹色澤亮麗的駿馬。這匹馬是伯家一位祖先的坐騎，它位於壁毯上的顯著位置，背上的騎手已經被梅氏祖先刺死，而它則高大挺拔，靜止不動。殘忍的表情掛上男爵的臉，他已經無法使自己的眼睛從壁毯上挪開，在他心裡有一個無比強烈的願望，就是盯住那匹馬。

他無法解釋自己這種難以抑制的衝動，以至於分不清自己到底是處在現實世界還是在夢幻中。他就這樣陷進去，癡迷地看著壁毯上的馬，直到他迫使自己看向窗外。只是短暫地望了窗外一眼，男爵又重新盯著牆上的壁毯，這時令他驚悚的事情發生了：

牆上的駿馬竟然動了！它原本彎著脖子靠在主人身上，似乎充滿了無限同情，而此刻它卻朝著男爵把脖子立了起來，還揚得很高。它用充滿仇恨的赤色眼睛，看向男爵，甚至張開了嘴，露出了滿口的牙。年輕的男爵被嚇壞了，他驚慌失措地打開門。這時，只見一道紅光閃過，他的影子投影在房間深處的壁毯上。男爵忍不住回頭看那影子，卻發現影子竟然落在壁毯上那位因殺死伯氏祖先而得意萬分的梅氏祖先身上。

他踉踉蹌蹌地跨過門檻，一口氣走出了梅府的大門，本來想在大門口透氣定神，但是在門口臺階處有三個馬夫正在吵吵嚷嚷地制伏一匹棗紅色大馬，這又把他吸引了過去。男爵憤怒地問道：「這是誰家的馬？你們在哪兒碰到的？」他在看到馬的瞬間就發現，它和自己在壁毯上看到的那匹馬是如此相似。

「我們不知道是誰的，」一個馬夫答道，「到現在還沒人認領。最初我們看到它從伯府跑出來，就把它送了回去，可伯府的人說這不是他們的馬，怪了。」

另一個馬夫也在一旁插嘴：「你看這裡還刺著W．V．B呢，應該是威廉．

馮·伯裡菲茨因這個名字的縮寫才對，伯府竟然沒人知道有這匹馬。」

「是挺奇怪的。」

年輕的男爵又陷入沉思中，開始自言自語：「很對，這是匹怪馬，我一定要這匹馬！」停頓一會兒男爵又開始說：「只有我梅氏家族的弗裡德利才能馴服這個伯府的惡魔。」

馬夫在一旁插話道：「老爺，這匹馬不是伯府的，不然我們就把它送回去了。它是您的！」

「說得對！」男爵看著馬夫們冷漠地回答。

正在這時，梅府的一個內室小僮慌慌張張地跑了過來，在主人耳邊小聲地報告說，他負責料理的頂樓最大房間丟失了一塊壁毯，正是織了駿馬的那幅。小僮雖然壓低了聲音說話，卻還是被馬夫們聽到了。

年輕的男爵聽完後，有一小段時間顯得焦躁不安，但他很快就鎮定下來，下令小僮立刻鎖上那間房子，同時把鑰匙交給他親自保管。小僮立刻去做主人交代的事情，而馬夫們也牽著那匹大馬去了馬廄。

一個僕人在此刻問男爵：「您聽說了威廉老伯爵的慘死嗎？」

「沒，」男爵把頭迅速轉向這個問話的僕人，說「慘死？他死了？」

「的確是真的，我以您高貴的姓氏發誓。不過我覺得這是好事呢。」僕人諂媚地回答道。

男爵的臉上有了一絲微笑，繼續問：「他怎麼死的？」

「他爲了救一匹打獵用的愛馬，竟被大火活活燒死了。」

「是嗎？」男爵顯得異常興奮，突然大叫起來。

「真的。」僕人回答道。

「真可怕！」男爵恢復了平靜，然後默默地走回梅府。

從那天起，年輕的男爵弗裡德利．馮．梅岑格斯泰變得更加放蕩不羈。他讓所有人都失望，曾幻想嫁給他的淑女們也打消了這種念頭。他和上流社會隔離開來，變得特立獨行，除了自己的領地，任何地方都不去，他在社交界銷聲匿跡了。

現在，他的朋友只有一個，就是他獲得的那匹與眾不同的棗紅色駿馬。一直以來，上流社會大都會定期發出邀請，請男爵參加聚會或者一同打獵，但這些邀請一概被男爵傲慢地拒絕。而一再的回絕讓所有同樣傲慢的貴族無法忍受，他們慢慢地停止了對年輕男爵的邀請。伯氏伯爵的寡婦曾這樣抱怨：「大家希望男爵出來參與聚會的時候，他肯定在家。他不願與同類交往，男爵更喜歡跟馬做伴，他會在眾人盼他出現時去騎馬。」

這些話無疑已經表達出伯爵夫人的怨恨，但又顯得那麼淺薄而沒有任何意義。原先，仁慈的人們把年輕男爵的異常歸結於他雙親早逝的巨大悲痛上。然而，男爵在短期內所表現出的殘暴讓人們忘記了對他的同情，不少人覺得，男爵的過分行爲源於他特別自負，而另外的人則認爲男爵應該得了抑鬱症，有精神上的疾病，就連男爵的家庭醫生也對此持肯定意見。

關於男爵，坊間還流傳著許多不同的說法。男爵確實對新得的這匹馬有著不同尋常的依戀，以至於在正常人眼中，這已經是一種讓人覺得恐怖的行爲。年輕的男爵會在任何一個時間，不管身體處於何種狀態，都沉溺在駕馭駿馬的快樂當中，他和這匹駿馬已然合二爲一了。

這一切都爲隨後發生的事增添了神秘的氣氛。

男爵曾精確地測量出這匹馬縱身一躍的距離，這種精確超出人的想像。男爵給所有的馬都取了名字，偏偏這匹馬他卻沒有取。它被單獨養在遠離其他馬匹的馬廄裡，男爵包攬了餵馬之類的所有雜活，從來不許任何人跨進這個特殊馬廄的圍欄。

令人驚訝的是，儘管是那三個馬夫撞到了從伯府大火中逃出的這匹馬並逮住了它，但任何一個馬夫都不敢肯定自己曾用手觸碰過這匹馬。這匹暴烈的駿馬此時還未表現出其特異功能，但已有些跡象迫使人們想像：每當這匹馬狂蹬亂踢時，就會把圍觀的人群嚇得目瞪口呆，年輕的男爵此刻會臉色蒼白，想盡辦法來躲避這畜生像是在四處尋找著什麼的眼睛。

幾乎所有僕人都肯定，男爵對這匹性情暴躁的駿馬情有獨鍾。但一個地位卑賤的小僮並不這麼認爲，他覺得主人每次躍上馬鞍時總會輕微哆嗦，而每次長時間駕馬狂奔後，主人所流露出的勝利喜悅和自得的表情總會讓他的整個臉部變形。不過，這個小僮身患殘疾，又受人討厭，因此沒人在意他的看法。

一個暴風雨之夜，梅氏男爵從熟睡中醒來，他瘋了似的衝出臥室，騎馬直奔森林深處。男爵的表現一向如此，所以根本沒人留意。幾個小時之後，宮殿般的梅府忽然起了火，大火燒得圍牆搖搖欲墜，滾滾濃煙形成稠密的煙霧。鄰居們都心急地盼著他回來。

人們發現梅府失火時，其火勢就已經蔓延開來，根本無法撲滅。不知所措的鄰居們站在梅府四周，卻驚訝地看到那匹馬馱著狼狽不堪的男爵順著梅府正門老橡樹的林蔭長道狂奔而來。

這匹馬此刻完全展示出它的兇猛暴躁，像極了傳說中能夠呼風喚雨的惡魔。男爵已完全無法控制這匹烈馬，他的面部表情極其痛苦，身體拼命掙扎，卻沒有任何聲音，而恐懼和緊張又迫使他緊咬自己的嘴唇。很快，烈馬就衝進了梅府的院子，衝過梅府的大門和護院的深溝，踩上了快要坍塌的樓梯，帶著年輕的男爵，縱身躍進了漫天的大火中。人們都還沒回過神來，似乎馬蹄聲還在耳邊迴響，但是烈馬和男爵已經消失不見。

狂風暴雨停止了，緊接著是一片靜謐。四周升起一團白色的煙霧，像裹屍布般包圍住梅府，然後又漸漸遠去，留下一團騰起的彷彿馬的影像的煙雲，靜靜縈繞在梅府的上空。

i-smart

智學堂

智慧是學習的殿堂

★ 親愛的顧客您好，感謝您購買　　　　　　　這本書

為了提供您更好的服務品質，煩請填寫下列回函資料，
您的回信是我們的動力、也是鼓勵，
您的意見與建議是我們不斷進步的目標，
智學堂文化感謝您的支持！
我們不定期會將優惠活動的訊息通知您。

您也可以使用以下傳真電話或是掃描圖檔寄回本公司電子信箱，謝謝

傳真電話：（02）8647-3660

電子信箱：yungjiuh@ms45.hinet.net

姓名：＿＿＿＿＿＿＿＿ ○先生 ○小姐　電話：＿＿＿＿＿＿＿＿

地址：＿＿＿＿＿＿＿＿＿＿＿＿＿＿＿＿＿＿＿＿

E-mail：＿＿＿＿＿＿＿＿＿＿＿＿＿＿＿＿＿＿＿＿

職　業：○學生　○大眾傳播　○自由業　○資訊業　○金融業　○服務業　○教職
○軍警　○製造業　○公職　○其他＿＿＿＿＿＿＿＿

教育程度：○高中以下（含高中）　○大學、專科　○研究所以上

您對本書的意見：

☆內容	○符合期待	○普通	○尚改進	○不符合期待
☆排版	○符合期待	○普通	○尚改進	○不符合期待
☆文字閱讀	○符合期待	○普通	○尚改進	○不符合期待
☆封面設計	○符合期待	○普通	○尚改進	○不符合期待
☆印刷品質	○符合期待	○普通	○尚改進	○不符合期待

您的建議：

廣 告 回 信
基隆郵局登記證
基隆廣字第000152號

221-03 新北市汐止區大同路三段194號9樓之1

智學堂

智慧是學習的殿堂

編輯部 收

請沿此虛線對折免貼郵票，以膠帶黏貼後寄回，謝謝！